U0424659

- 国家社会科学基金项目“日本近现代女性文学的肉体记忆和精神记忆研究”阶段性研究成果，项目编号：17BWW035
- 四川外国语大学日本文学创新团队成员阶段性研究成果，项目编号：18SISUWYTD08
- 重庆市研究生导师团队成员阶段性研究成果，渝教研发（2018）6号

日本文学理念精要

黄　芳　杨　爽　林茜茜　著

苏州大学出版社
Soochow University Press

图书在版编目(CIP)数据

日本文学理念精要 / 黄芳,杨爽,林茜茜著. —苏州:苏州大学出版社,2019.12 (2023.6重印)

ISBN 978-7-5672-2988-4

Ⅰ.①日… Ⅱ.①黄… ②杨… ③林… Ⅲ.①日本文学—文学研究 Ⅳ.①I313.06

中国版本图书馆 CIP 数据核字(2019)第 256944 号

Riben Wenxue Linian Jingyao

书　　名: 日本文学理念精要

著　　者: 黄　芳　杨　爽　林茜茜

责任编辑: 周凯婷

装帧设计: 刘　俊

出版发行: 苏州大学出版社(Soochow University Press)

社　　址: 苏州市十梓街 1 号　邮编:215006

网　　址: www.sudapress.com

邮　　箱: sdcbs@suda.edu.cn

印　　装: 江苏凤凰数码印务有限公司

邮购热线: 0512-67480030　**销售热线:** 0512-67481020

天 猫 店: https://szdxcbs.tmall.com

开　　本: 700 mm×1 000 mm　1/16　**印张:** 11.75　**字数:** 193千

版　　次: 2019 年 12 月第 1 版

印　　次: 2023 年 6 月第 3 次印刷

书　　号: ISBN 978-7-5672-2988-4

定　　价: 48.00 元

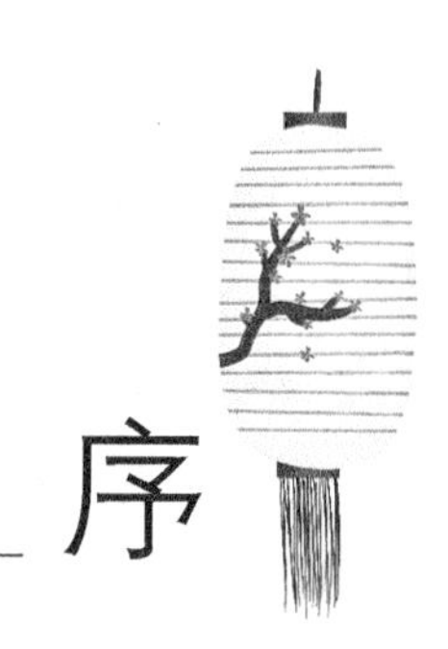

序

宋代李涂在《文章精义》中如斯说："文章不难于巧而难于拙，不难于曲而难于直，不难于细而难于粗，不难于华而难于质。"自中日邦交正常化以来，日本文学研究在国内学界日趋深入且硕果累累。其中，《日本文学史》《日本文学年表》等优秀学术成果，极为精细地将日本文学从古至今的芳华呈现在广大读者面前。然而，大学教育毕竟学习时间短暂，"书富如入海，百货皆有。人之精力，不能兼收尽取，但得其所欲求者尔。故愿学者每次作一意求之。"（宋·苏轼《又答王庠书》）《日本文学理念精要》舍去章节繁缛，每篇以4000余字小述一日本文学主题，从古至今玉串之，集30余篇成册，使读者能将古今日本文学了然于心，此乃作者编写本书之宗旨，更是作者多年从事日本文学教学心得之提炼。

日本文学自公元7世纪左右的《万叶集》至今已有千余年的辉煌历史。虽然在时间长度上不及中国，但这一千多年来日本人依然留下了丰富而灿烂的文学遗产，特别是近代日本文学。日本作家以中华传统文学为基底，以大和传统为灵魂，用短短几十年时间急速实践了西方近代文学的进程。文学思潮犹如走马灯似的接连登场谢幕，其中产生或经历的东西方文学理念颇为庞杂。

借助日本文学的关键词，从宏观角度脉络性地把握日本文学是一项基础性的工作，也是日本文学入门者的必修课。从日本固有的"物哀""幽玄"到近代文学中的"无赖派""私小说"等，本书选取日本文学脉络中颇为典型而重要的文学理念和概念，对每一个概念加以基础性的阐释，拈精摘要，以期让学习日本文学的学子和日本文学爱好者对日本文学中的理念或概念有一个系统性和概要性的记忆。

如前所述，本书的形式是作者在日语专业本科和研究生教学中独创的一种方法论，目前国内同类书籍并不多见。诸多日本文学史的教材也都会涉及日本文学的基础概念，但其重点在于编年纪形式的作家、作品的历史脉络介绍。本书的构建逻辑虽然也基本按照时间顺序，但重点则在于重要概念的概括与阐释。如果说文学史书籍是线性的铺陈，那么本书的要义则在于对重点和要点的精准聚焦。

本书的部分内容来自作者授课过程中使用的课程讲义，以及在教学互动环节引导研究生们参与初步的学术研究的成果。其中，日语专业的学术研究生游斯佳、沐海宇、许炎林、王睿琦、余茜、张惠、游成君、尹丹、徐泽皓、朱晨露还参与了部分内容的初稿撰写。

此外，本书中部分内容曾由四川外国语大学日语系姚继中、林茜茜两位教师在《日语知识》上连载，本次一并收入该书时经过了精心修改。

黄　芳

2019 年 9 月于四川外国语大学

目录

Contents

01 日本文学理念之源
——「まこと」

早在古代，日本就广泛流传着歌谣等口头传诵文学，但日本文学史的开端，是从诞生于 712 年的第一部作品《古事记》（『古事記』）起算的，至今已有 1300 多年。虽然日本文学历史不如中国文学悠久，但在接受中国文化影响的同时，日本文学形成了独树一帜的价值体系，并随着时代的变迁，经历着一次次微妙的审美变化，体现出与中国文学本质上的区别。

日本古代文学在萌芽状态下，出现了“真实”（「まこと」）文学意识倾向。从词源考证，「ま」是“真”的意思，而「こと」既可表“事”，也以表“言”。日本古代社会将“言”（「こと」）意为事实的行为；又将“事”（「こと」）作为“言”来表示现实的行为。因此，“真实”（「まこと」）既可以是“真事”，也可以是“真言”，即言行一体。

“真实”文学意识与日本原始的神道思想有着密切的关系，而气候特征直接决定了日本神道思想的特性。日本富于变化的大自然，培育了人们对自然的细腻的感受性。他们崇拜自然，不仅将太阳作为天照大神（「天照大神」）来崇拜，而且将花草树木也当作神灵来崇拜，树立了万物有灵的思想，从而逐渐形成了原始的“彼世”（「彼の世」）观。他们认为人死后灵魂去“彼世”，但也会再生回到“现世”（「此の世」），“彼世”与“现世”不是完全隔绝的，而是彼此相通的。因此，神道将“现世”作为理想的世界，肯定现实与自然。

“真实”作为日本最初的文学理念，最早反映在尚无文字记载时期的“言灵”（「言霊」）中。人们相信语言有内在的神灵，并带有灵性和咒性，可以起到求吉避凶和主宰人们命运的作用。“言灵”是由祭神的人在获得神的精神后，代神发出的。大部分“言灵”的内容，与以天皇为中心的国家政治相联系，也与农业等日常生活现实相关。因此，这些以“言灵”形式展现出来的早期口头“文学”，是基于纯朴的村落共同体和国家意识而产生的。

伊邪那岐首先说道：あなにやし、えをとこを（啊呀，真是一个好女子！）

伊邪那美也情不自禁地响应：あなにやし、えをとめを（啊呀，真是一个好男子！）①

公元8世纪的后半期（约753—759），被誉为日本民族心灵故乡的《万叶集》（『万葉集』）问世。和歌是日本各种文学形态中最早形成的独立的文学形态，作为日本文学史上第一部和歌总集，《万叶集》为日本文学奠定了坚实的基础。

根据万叶歌所表现的“真实”文学理念，可将《万叶集》大致分为四个阶段。第一阶段的前期是从仁德天皇时代（313—399）至舒明天皇即位（629）以前，通称为《万叶集》的歌谣时代或传承时代，其和歌仍像《古事记》《日本书纪》里的歌谣一样，“真实”意识更多地体现在尊皇与英雄形象上。其中雄略天皇（457—479）的“御制歌”（「御制歌」）极具代表性。这是一首求婚歌，雄略天皇在歌中毫不掩饰地表达了自己对心爱姑娘的一片诚心，并表明了自己高贵的社会地位。

籠もよ　み籠持ち　ふくしもよ　みぶくし持ち

この岡に　菜摘ます子　家聞かな　名告らさね

そらみつ大和の国は　おしなべて　われこそ居れ　しきなべて

われこそ座せ

① ［日］安万侣. 古事记［M］. 周作人译. 上海：上海人民出版社，2015：11.

われこそは告(の)らめ　家(いえ)をも名(な)をも

美哉此提篮，盈盈持左手，
美哉此泥锄，轻轻持右手，
尔是谁家女，摘菜来高阜，
尔名又若何，尔能告我否。
大和好山川，向我齐俯首，
全国众臣民，听命随我走，
尔家与尔名，尔能告我否。①

第一个阶段的后期是从舒明元年（629）至壬申之乱（672）。这一时期的主要歌人几乎都是皇族及王族、朝臣，和歌内容主要是赞颂神权、皇权和宫廷的挽歌，以及皇室的传承故事等。

第二个阶段是从壬申之乱后（673）至平城京迁都的和铜三年（710）。人们开始将天皇视为神，皇室赞歌和宫廷挽歌明显增多。时代背景孕育了专门吟咏皇室赞歌的宫廷歌人，最著名者非柿本人麻吕（「柿本人麻呂(かきのもとのひとまろ)」）莫属。从平安时代起一直被尊为歌圣的他，受到汉诗的启迪，固定了长歌末尾五七七句法，为和歌的定型做出了不可磨灭的贡献。我们不妨细细品味一下这位歌圣给我们带来的感动。

淡海(あふみ)の海(うみ)　夕波千鳥(ゆうなみちどり)　汝(な)が鳴(な)けば　情(こころ)もしのに　古(いにしへ)思(おも)ほゆ

淡海波涛阔，夕阳千鸟鸣，
汝鸣心绪动，思古起幽情。②

这是柿本人麻吕到近江凭吊故都，见景思情，怀古念今，寓情于景，堪称精妙。我们可以明显感觉到，歌人已经摆脱了上代歌谣的影子，吟咏了自

① ［日］大伴家持．万叶集［M］．杨烈译．长沙：湖南人民出版社，1984：1.
② ［日］大伴家持．万叶集［M］．杨烈译．长沙：湖南人民出版社，1984：69.

己微妙的悲哀心理。这标志着日本古代文学理念原初素朴的集团意识的“真实”演进到了个人感情“真实”，从集团性走向了个性化。

第三个阶段是从和铜三年（710）平城京迁都奈良至天平五年（733）。这一时期是天平时代贵族文化的成熟期，歌人辈出，且更多地注入主观色彩，趋向主观的感受性，强化歌的抒情性。其中恋歌的“真实”表现为“真心”（「真心（まごころ）」）。如：

帰（かえ）るべく　時（とき）はなりけり　都（みやこ）にて　誰（だれ）が手本（てもと）をか　我（わ）が枕（まくら）かむ

已是还都日，还都亦可怜，
京师谁尚在，可共枕衾眠。①

第四个阶段是从圣武天皇天平六年（734）至淳仁天皇天平宝字三年（759）。这个时期的歌表现了纤细的感受性，达到了烂熟的程度。且这一时期的歌作者扩大到了庶民、戍边人等，更“真实”地反映出了普通庶民的情感。

防人（さきもり）に　行（ゆ）くは誰（た）が背（せ）と　問（と）ふ人（ひと）を　見（み）るが羨（とも）しさ　物思（ものも）ひもせず

防人行路上，人问谁家夫，
问者真堪羡，相思一点无。②

我们可以发现，《万叶集》的“真实”已经逐步从《古事记》《日本书纪》《万叶集》初期以民族、国家共同体精神为中心的“真实”，演化成了以个人精神为中心的“真实”。换言之，从民族的叙事文学发展成了个人的抒情文学。

---

① ［日］大伴家持. 万叶集［M］. 杨烈译. 长沙：湖南人民出版社，1984：104.
② ［日］大伴家持. 万叶集［M］. 杨烈译. 长沙：湖南人民出版社，1984：808.

然而，“真实”（まこと）的文学理念，第一次正式出现，是在纪贯之的《古今和歌集》序中。他评价六歌仙之一的花山正僧“词华而少实（まこと）”，提出和歌首先要求心求实，其次才是强调华与词。

和歌的“真实”，只是当时体现这一文学理念的一个方面。日本古代的日记、随笔也同样表现了多姿的“真实”。藤原道纲之母的《蜻蛉日记》（『蜻蛉日記』）成书于974年，以叙事的手法，“真实”记录了自己与藤原兼家夫妻感情隔阂、与父母生离死别，以及为了摆脱苦恼和悲哀而外出旅行时所见的地方风情。道纲母认为“真实”是以写实为中心的文学存在，《蜻蛉日记》作为写实的先驱，对后人文学创作产生了颇大的影响。而清少纳言正是在这种“真实”的文学理念影响下，写下了《枕草子》（『枕草子』），并在题跋中强调了如实地记录自己的所见所闻。紫式部的《源氏物语》（『源氏物語』）亦不例外，她“真实”描绘了自己所亲历的宫廷生活。虽然紫式部的“真实”不是绝对的历史事实，却是建立在事实基础之上的“真实”。

综观古代“真实”这一文学理念的发展轨迹，我们发现，“真实”是日本文学、美学思想自觉展开的重要标志。最初的“真实”以体现民族、国家的共同体精神为目的，但随着个人意识的慢慢觉醒，“真实”逐渐脱离了原始意识，转向了对自然及人生的关注和思考。作为日本文学理念的初源，“真实”虽然被后来各个时代的人们赋予了新的内涵，但至今仍然影响着日本人对文学的思考。

02 万叶和歌之风骨
——「ますらおぶり」

日本第一部和歌集《万叶集》（『万葉集』），大约成书于奈良时代后期或平安时代前期（约 753—759），其中收录了从公元 4 世纪初至 8 世纪后半期，上至天皇下至一般文人、庶民的诗作 4500 余首，分为 20 卷。它的出现在日本古代文学史上具有划时代的意义。

关于《万叶集》的编纂，学术界尚未得出公认的结论。比较合乎逻辑的一种说法认为，《万叶集》的各卷是由不同时代的人编纂，最后再由大伴家持（「大伴家持」）整理而成的。有关“万叶集”的名称由来，历史上也是众说纷纭，而文学史界大多认同江户时期日本国学研究的开拓者——契冲（「契沖」）的观点，认为“叶”含“世代”的意思，《万叶集》收录的歌贯通古今。

《万叶集》收录的歌与《古今和歌集》以后的和歌相比而言，不是很重视表达技巧与形式，它们大多感情朴实，诗风清新刚健，表现了世人坦率的情感，吟咏出了人的自然心灵。被称为江户时代国学四大家之一的贺茂真渊（「賀茂真淵」）及其门人，极其推崇《万叶集》的歌风，称其具有“男性的阳刚气概”（「益荒男振り/丈夫振り」）。自此，“男性的阳刚”便成了一种文学理念，体现了《万叶集》的创作精神。

我们不妨考察一下「ますらおぶり」的词源。「ますらお」的日本汉字可以写作“益荒男”“丈夫”“大夫”，原意是指上代侍奉朝廷的官员，之后逐渐演变成了象征男性强壮、英勇的词语，加上「ぶり」之后，就成了一种风格。由此，我们可以看出，贺茂真渊十分崇尚万叶和歌壮伟、豁达的男性阳刚气概。在此，让我们欣赏几首极具万叶精神的歌。

わたつみの豊旗雲に　入日見し　今夜の月夜　さやけかりこそ

云漫如旗帜，渡津海上行，
日随云卷去，今夜月清明。①

这是中大兄皇子（「中大兄皇子」）的一首歌。他就是后来的天智天皇，是舒明天皇之子，曾发动宫廷政变，消灭苏我氏，推行大化革新，为中央集权专制国家的建立奠定了基础。当他看到海水汹涌，掀起千层巨浪，万里长空白云朵朵，落日的夕阳放射出金灿灿的光芒时，他脑海里不禁浮现出战场上旌旗飘飘、将士们英勇作战、刀光剑影的场景。这首歌让我们感受到了中大兄皇子的雄伟气魄和气吞山河的气概。

提起日本的歌圣，大家很容易就联想到柿本人麻吕（「柿本人麻呂」），但除他之外，还有一位与他齐名的人物，那就是山部赤人（「山部赤人」）。纪贯之（「紀貫之」）在《古今和歌集》（『古今和歌集』）的序文中提道："难将人麻吕置于赤人之上，亦难将赤人置于人麻吕之下。"② 据《万叶集》记载，山部赤人似乎当过地方官，曾随驾游吉野、难波等地，应诏作歌。他是万叶歌人中最具典型的叙景歌人，常寄情于山水，既描写出了日本壮丽的风景，也表达了自己对人生的思索。

田児の浦ゆ　うち出でて見れば　真白にぞ　富士の高嶺に　雪は降りける

出得田儿浦，遥看富士山，
雪飘高岭上，一片白银般。③

① ［日］大伴家持．万叶集［M］．杨烈译．长沙：湖南人民出版社，1984：5．
② ［日］小沢正夫，松田成穗校注．古今和歌集［M］．东京：小学馆，2015：24，笔者译．
③ ［日］大伴家持．万叶集［M］．杨烈译．长沙：湖南人民出版社，1984：79．田儿浦，又译作田子浦．

歌中的田子浦位于现在的静冈县，海岸风光迷人，天气晴朗之时可远眺富士山的雄姿。富士山作为日本的象征早已被人们熟知，它曾是一座地质活动频繁的火山，经常给当地带来地震、火灾等自然灾害。但在远古人的眼里，它是日本民族的神圣之物，具有无穷的神秘力量，因而成为原始部落的图腾象征，受到虔诚的膜拜。山部赤人经过田子浦辽阔的海岸时，远远望见银装素裹的富士山那雄伟的姿态，心中涌起一种纯朴的感动，于是写下了这首和歌来讴歌这壮美的景色。

在众多万叶歌人中，高桥虫麻吕（「高橋虫麻呂（たかはしのむしまろ）」）是个独特的存在。他从传说故事中吸纳了许多叙事诗的要素，创造了独有的“和歌世界”，被称为“传说歌人”。但是他的歌在具有浓厚浪漫色彩的同时，也展现了壮伟的现实性。藤原宇合（「藤原宇合（ふじわらのうまかい）」）（奈良前期的公卿，曾担任遣唐副使远渡大唐，回国后平定了虾夷叛乱）赴西海道担任节度使时，写了一首短歌：

千万（ちよろず）の軍（いくさ）なりとも　言（こと）挙（あ）げせず　取（と）りて来（き）ぬべき　士（おのこ）とぞ思（おも）ふ

敌军千万众，歼灭似灰飞，
无语追穷寇，英雄奏凯归。①

这首歌把奔赴战场平定叛乱的军队那气吞山河、势如破竹的气势表现得淋漓尽致，将歼敌将士们的勇猛善战描写得栩栩如生。歌风虽然质朴，但显得极其雄浑有力，场面颇为壮观。

《万叶集》逐渐形成的时期，正好是日本频繁派出遣唐使到大唐学习先进文化、制度的时期，而且日本奈良朝迁都平城京（710）后，朝廷更是进一步以中国唐文化和制度为规范，制定《大宝律令》（『大宝律令（たいほうりつりょう）』）、《养老律令》（『養老律令（ようろうりつりょう）』）等，实现了律令制度。加上此前经历了大化革新（「大（たい）

① ［日］大伴家持. 万叶集［M］. 杨烈译. 长沙：湖南人民出版社，1984：216.

化の改新」）和壬申之乱（「壬申の乱」），此时奈良朝完全确立了中央集权制度。万叶初期的歌人大多是皇族，他们的歌主要表现了与皇室相关的事件，赞颂神权、皇权。之后逐渐出现了身份较低的宫廷歌人，他们受到中国文化的熏陶，效仿中国宫廷兴起侍宴从驾、集宴游览的风尚，专门创作皇室赞歌、宫廷挽歌，将自己的热情倾注在歌颂大和国、创造大和国神皇之上。

《万叶集》作为一部吸收了中国古典诗歌特点的和歌总集，尽管本身并不同于《怀风藻》这类具有正统中国诗歌形式的汉诗集，但其中很多方面都可以看见中国诗歌的一部分影子。比如，《万叶集》中和歌的分类以杂歌、相闻、挽歌为主干，而这类分类名称大概取自《文选》，其中对杂歌和挽歌的运用方式是直接借用的。“相闻”的分类形同《文选》的“赠答”方式。除此之外，包括和歌的季节特征，以及“短歌”和“长歌”的诗型排列方式等，其实也参照了中国诗歌的写法。

万叶和歌体现的豪迈、壮伟的风格，虽然一部分受到了中国汉诗的影响，但它更多的是体现了大和民族形成初期，大和国民最淳朴的感动及人性中粗野、豪放的一面。这种雄健的文学风格具有普遍意义，在各国早期文学中基本上都出现过。但后来由于各个国家的气候条件、生活环境的不同，各国的文学风格逐渐走上了不同的道路。比如，中国由于经常饱受外患内乱，因此文学的基调便演变成了“天下兴亡，匹夫有责”的呐喊，成了“文以载道”“心怀天下”的远大抱负的呼声。而位于“海洋生物圈”的日本，则处于相对稳定的环境，于是日本文学此后就逐渐走上了唯美与艺术至上的道路。因此，《万叶集》以后，和歌逐渐由表达男性的阳刚转向贵族们吟风咏月的休闲品，成为社交赠答及男女求爱的工具，贵族们时常举行宫廷歌合（「歌合」）。到了平安、镰仓时期，和歌也为贵族及僧侣们所占有，成了他们抒发个人纤弱感情的手段。

那么，为什么到了江户时期，贺茂真渊会提出“男性的阳刚气概”这一万叶精神，重新倡导万叶和歌的歌风呢？

日本进入江户时代（1603—1867）后，儒学成为占统治地位的意识形态，特别是朱子学成了德川幕府的官学。于是，儒学劝善惩恶的思想便成了当时社会的主导思想，而且神道也出现了与儒学的融合。在这样的社会背景下，日本人掀起了复兴国学的热潮。他们批判儒教、佛教等外来思想文化，试图通过对日本古典的研究，在文化、文学上探求日本自古以来的人性的真实，以及尊重人性和肯定人欲，恢复日本固有的古道。于是，江户时期的一些国学家开始了探索之路。在国学研究的开拓期，契冲研究了《古事记》《日本书纪》《万叶集》，他认为古歌源于神道，读古歌便可知古人之心，因此他的文学本质论是以神道精神作为根基的。而贺茂真渊进一步研究《万叶集》，并提出了"男性的阳刚气概"这一《万叶集》的文学创作理念，称其为万叶精神，企图以此来排斥儒佛思想。但是他重视歌的内容多于形式，尤其是重视万叶歌的雄健风格。换言之，贺茂真渊不仅把《万叶集》当作文学作品来研究，同时还把万叶歌体现的雄健精神作为日本文化精神来敬重。虽然他的动机可能具有一定的政治因素，但是当我们单纯从文学的角度去考察时，便可认为贺茂真渊的"男性的阳刚气概"是从文学理念的角度对《万叶集》的文学特征进行的总结。

不可否认，《万叶集》的早期创作风格，的确体现出了"男性的阳刚气概"这一文学理念，然而"男性的阳刚气概"不能概括《万叶集》的整体创作理念，毕竟《万叶集》的形成历时几个世纪，作者的构成十分复杂，绝不可能在统一的文学理念下从事创作。正因为如此，我们对《万叶集》的研究，断不可一概而论，应对不同时期、不同作者、不同题材的作品展开分类研究。而"男性的阳刚气概"正是从中所得到的一个重要发现。

当我们重新审视贺茂真渊提出的"男性的阳刚气概"这一《万叶集》的文学创作理念时，就会发现，它不单对日本文学，同时还对日本思想、艺术等方面产生了不可估量的影响，有着极其深远的意义。

03《伊势物语》之潇洒
——「みやび」

《伊势物语》(『伊勢物語』)是日本第一部“歌物语”(「歌物語」)。一般认为其成书于日本平安时代前期，作者不详。日本的物语文学产生于10世纪初，它经过两个系统发展起来。一个系统是将口头传诵和历史传说有意识地加以虚构、润色，提炼成完整的故事，具有浪漫的传奇色彩，如《竹取物语》之类的“传奇物语”。另一个系统则是将和歌的抒情性和散文的叙事性结合起来，故事主要以和歌为中心展开，散文则对咏歌环境进行说明，并对歌人的心理加以渲染，便产生《伊势物语》这类的“歌物语”。浪漫的“传奇物语”与写实的“歌物语”互相影响、进化、渐次融合，从而产生了一种具有纯粹日本民族特点的新文学模式。

《伊势物语》由125段相互独立的小故事构成，其形式极其独特，每段多以“从前有个男子”(「昔男ありけり」)开头，由此展开一段段小故事，且以一两首和歌作为故事的中心与高潮。《伊势物语》各段的长短不一，长则几页，短则寥寥数行，且每段之间关联不大，主要通过“男子”风流、好色的轶事松散地贯串起来，没有完整统一的情节。纵观整个作品，隐约可见一个贵族男子从“初冠”(「初冠」)[①]到死亡一生的经历。

一般认为，书中的“男子”是日本六歌仙之一的在原业平(「在原業平」)。因为其中的很多和歌都出自他之手，他的30多首和歌被收入《古今和歌集》中，且都带有很长的说明性题词，很容易使人联想到《伊势物语》。而且他的经历也与书中的很多内容相似。在原业平是阿保亲王

① 日本古代贵族11岁至16岁时举行的成年仪式。

（「阿保親王」）的第五位王子，曾任右马头、左近中将，故世称在中将，亦称在五中将，因而《伊势物语》又有《在五物语》（『在五物語』）或《在五中将日记》（『在五中将日記』）之别称。在原业平出身于贵族，才华横溢，风流倜傥，将热情倾注在众多的女子身上，传说与3733个女子有过交往，居“六歌仙”（「六歌仙」）之首，也是“三十六歌仙”（「三十六歌仙」）之一。他对功名权力十分冷淡，一生只追求自由奔放的人性与真实，成为当时人们心目中理想的贵族男性的典型。当然，物语中的主人公在原业平无疑具有文学的虚构性，并非历史上的在原业平的真实再现。

关于《伊势物语》的作者有多种说法，但基本可以断定是以《在原业平集》（『在原業平集』）的和歌为主，佐以其人生的逸闻趣事，加上虚构的情节构成最初的形式，之后又不断加入其他歌人的作品及故事，不断完善丰富，最终流传下现今的一百二十五段。《伊势物语》的创作基调是“雅”（「みやび」），追求虚构、真实与诗美的统一，是诗化的幻象，幻化的诗情。它包括对虚构形象进行现实化的性格刻画，对虚构事件进行写实性的细节铺陈，还包括作者在叙述手法的运用和艺术氛围的创造上，有意模糊真、幻界限，消融真、幻对立。这正是平安朝贵族的一种理想境界，代表一种宫廷、都会风情，对美与真实的追求，富于感受性。

其第一段写的是主人公举行“初冠”后外出游猎的故事。在原业平十四五岁时举行成人仪式后，到奈良春日野附近自家的领地去狩猎，在那里，他在墙垣的缝隙中窥视到一对绝世佳人姐妹。没想到在这个荒凉的乡村里，竟然住着这样的两位美人，迷惑不解之余，他从自己的猎装上割下一片布，在布上写了一首和歌送给这两个女子，表达了心中的爱慕之情：

春日野の　若紫の　すり衣　しのぶのみだれ　限り知られず

春日野兮信夫染，
窥得卿貌心乱迷，

若此紫纹兮情难敛。[①]

“歌意巧取信夫染紫色花纹之紊乱，以喻慕情恋意之乱心也。”[②] 此外，日本古代崇尚紫色，取高贵美丽之表象，在此则借以表达春日里姐妹的高尚美丽。尽管小小年纪，但他已经开始效仿起前人的风流潇洒，用和歌表达自己的爱意了。

第九段“下东国”（「東下り」）描写的是失意的在原业平离开京城到寂寥的东国寻求新天地时的情景。他邀请了两位朋友结伴而行，不知具体路线的三人来到了爱知县三河国一个叫八桥（「八橋」）的地方。他们于树荫下下马休息，食用“干饭”（「干飯」[③]）时，发现周围燕子花（「かきつばた」）开得十分艳丽，三人决定用「か、き、つ、ば、た」五个假名为和歌各句的开头，吟咏心中的旅情。

唐衣　着つつなれにし　妻しあれば　はるばるきなる　旅をしぞ想ふ

唐衣柔兮因常着，
有妻亲爱在京城，
遥兴怀思兮旅无乐。[④]

这首和歌绝妙地描绘出了旅途中的三人，对留在京城的娇妻的思念和对自己落魄之身的叹息。吟毕，三人感动得泪流不止。他们继续前往骏河国（「駿河の国」），来到著名的宇津山（「宇津山」）脚，但见山路树木繁茂，光线阴暗，使人不知不觉胆怯起来。此时，对面走来了一名隐士，仔细一看，是熟人。于是，在原业平写了一封信给片刻不忘的京城中的恋人，托这山中

---

① ［日］佚名. 伊势物语［M］. 林文月译. 南京：译林出版社，2011：3.

② ［日］佚名. 伊势物语［M］. 林文月译. 南京：译林出版社，2011：5.

③ 煮熟后晾干的米饭，吃的时候用水泡开，是古代旅行时比较方便的食品。

④ ［日］佚名. 伊势物语［M］. 林文月译. 南京：译林出版社，2011：17.

隐士设法送去。信中歌道：

駿河なる　宇津の山辺の　うつつにも　夢にも人に　逢はぬなりけり

骏河国兮宇津山，
山崖寂寂乏人迹。
醒梦不见兮情难攀。①

虽然已是五月，但此时展现在三人面前的富士山依旧白雪皑皑，大小抵得上二十个比睿山（「比叡山」），形状像个晒盐的沙冢，非常美观：

時知らぬ　山は富士の嶺　いつとてか　鹿の子まだらに　雪の降るらん

不辨时兮富士山，
岭上犹见白雪积，
似鹿子皮兮点点斑。②

这段文字将古人深沉的旅愁与感伤的情绪绘声绘色地描写了出来。虽然离开了京城，但他们还是怀有风雅之心，在疲惫的旅途中欣赏大自然的美景，作歌表达自己内心最直接的感动。

再如第二十三段，“筒井筒”（「筒井筒」）描写了青梅竹马的恋情。从前有个住在乡下的人，他家里的男孩与邻居的女孩常在井边一块儿玩耍。但随着年龄的增长，两人关系逐渐疏远，相见时都觉得难为情了。然而，男子下定决心要娶这个女孩，女孩也倾心于这个男子，两人对父母提出的其他亲事毫不理会。有一天，男子写了一首表达相思之情的和歌赠给女子：

---

① ［日］佚名. 伊势物语［M］. 林文月译. 南京：译林出版社，2011：17.
② ［日］佚名. 伊势物语［M］. 林文月译. 南京：译林出版社，2011：18.

筒井(つつい)つの　井筒(いつつ)にかけし　まろがたけ　過(す)ぎにけらしな　妹見(いもみ)ざるまに

筒井筒兮井筒量，
而今身高已过昔，
不见阿妹兮几时光?①

女孩立即回了一首和歌：

くらべこし　ふりわけ髪(かみ)も　肩(かた)すぎぬ　君(きみ)ならずして　たれかあぐべき

比丱发兮互较长，
今已过肩非同昔，
结发为谁兮君岂详?②

两人不断交换情诗，有情人终成眷属。后来女子的父母过世，家中的生活日渐拮据。男子不甘心和女子一起过清贫的日子，于是外出经商，在河内国（「河内国(かわちのくに)」）一个叫高安（「高安(たかやす)」）的地方结识了新的恋人。尽管如此，妻子对丈夫并没有表现出任何怨恨之意，每次总是热心地替他准备行装，送他出门。这反而引起了丈夫的疑心，怀疑妻子是否有了外遇。为了探个究竟，有一天，他装作去河内，而实际上却躲在庭院中的树荫里窥探。但见自己的妻子打扮整洁，愁容满面地作歌道：

風(かぜ)吹(ふ)けば　沖(おき)つしら浪(なみ)　たつた山(やま)　夜半(よわ)にや君(きみ)が　ひとりこゆらむ

① ［日］佚名．伊势物语［M］．林文月译．南京：译林出版社，2011：48．
② ［日］佚名．伊势物语［M］．林文月译．南京：译林出版社，2011：48．

倘风起兮冲白浪，
夜半寂寂龙田山，
君或独自兮越彼嶂。①

尽管男子态度如此冷淡，可妻子依旧担心他的安危。听到妻子的心声后，男子很受感动，之后极少和情人见面，并逐渐回心转意。虽然这个故事描写的是普通百姓的情感故事，但我们能从中感受到淡淡的风雅之情。这类故事自古以来就深受日本民众喜爱，近代作家樋口一叶（「樋口一葉（ひぐちいちよう）」）的代表作《青梅竹马》（『たけくらべ』），便是描写了明治时代东京市井中的少男少女的初恋和各自不同的命运，由此可见樋口受其影响颇深。

第八十一段则描写的是贵族的生活。从前有一位左大臣，在加茂川（「加茂川（かもがわ）」）岸边的六条地方建造了一所古雅的宅院。十月下旬，菊花盛开，红叶缤纷。左大臣便邀请几位亲王前来赏花，通宵宴饮，操弄管弦。天色微亮之时，诸人赞叹殿宇精致幽雅，纷纷吟诗作赋。这时候有一个寒酸的老人，蹲踞在殿宇回廊下面的泥地上，也咏歌道：

塩釜（しおがま）に　いつか来（き）にけむ　朝凪（あさなぎ）に　釣（つ）りする舟（ふね）は　ここによらなむ

未意来兮此盐灶，
海风晨吹正宜人，
钓船何妨兮自移棹。②

老人以前到过陆奥（「陸奥（みちのく）」）等地，看到过很多珍奇美妙的风景，他觉得在日本六十多个地方中，没有一处的风景比得上盐釜（塩釜（しおがま））。所以老人赞美庭院风景时，特别提到盐釜，其诗意是说“自己仿佛是不知不觉来到了

① ［日］佚名. 伊势物语［M］. 林文月译. 南京：译林出版社，2011：48.
② ［日］佚名. 伊势物语［M］. 林文月译. 南京：译林出版社，2011：155.

盐釜”。

《伊势物语》是日本文学史上第一部以和歌与散文相结合的文学形式写成的短篇小说集，内容取材于贵族社会的现实生活，并且加以提炼和虚构，充分发挥了文学的想象力，在日本文学史上占有重要的地位。其中五分之四的内容是在原业平与各阶层女性的恋爱故事，描述了在原业平的各种恋爱经历，忠实地再现了王朝贵族的潇洒恋情与追求“雅”的生活风情。

以《伊势物语》为代表的歌物语，意境上大多雅淡委婉，自然闲适，韵味无穷，体现出一种温馨、恬静和中和之美的境界。其文学理念无疑是以和歌这种独特的韵文渲染生活中的浪漫情趣，以散文的张力补充叙事，使作品充满鲜明的节奏感和跃动性，并使原本刻板枯燥的叙事变得生动。虽然在日本的平安时代和歌与散文之间的差距并不太大，但我们必须承认和歌毕竟是十分洗练的诗歌语言，是具有诗意的“会话”。用诗来推动故事情节的发展，烘托了潇洒的幽雅情绪。日本人把这种幽雅的审美特质融入宫廷贵族的生活，融入日本的传统文化。宫廷贵族们在生活中极尽能事地追求“雅”的浪漫境界，通过歌物语的形式，寄情四季，亲近自然，抒发孤寂、哀愁、缠绵的恋情。

04 日本文化的中核

——「禅宗」

禅宗是大乘佛教的宗派之一。6 世纪初期，由印度人达摩（「達磨」）传入中国。心性本觉、明心见性、见性成佛等都是禅宗的基本思想。禅宗反对坐禅，认为通过坐禅并不能达到成佛的目的。禅宗主张“顿悟成佛”，当突然顿悟自己本身是有佛性的时候，便是成佛之时。

禅宗由中国传入日本最早是在奈良时代。日僧道昭入唐学习教义，回到日本后开设禅院。到了弘仁年间，中国禅僧义空应日本的嵯峨天皇（「嵯峨天皇」）皇后的邀请，率领法弟道昉访问日本，宣扬禅宗，并且开设檀林寺。之后日本天台僧人觉阿与法弟全庆入宋学杨岐派禅法。但是这个时候只是中日两国的禅师有所交往，并没有开设宗派。在日本开立宗派的第一人是僧人荣西（「栄西」）。

镰仓时代初期，僧人荣西曾两次访宋学习天台宗教义和临济禅（「臨済禅」），受传临济宗心印，回国后创立了临济宗，临济宗作为日本禅宗的最早宗派在日本开始发展起来。之后荣西的再传弟子道元（「道元」）赴中国天童寺受业于如净禅师，回国后创立了曹洞宗。到了江户时代，明朝僧人隐元（「隠元」）将黄檗宗带到日本。临济宗（「臨済宗」）、曹洞宗（「曹洞宗」）和黄檗宗（「黄檗宗」）这三宗在日本仍流传不衰。

日本的禅宗在历史上形成了二十四个支派，即“禅宗二十四流”。临济宗和曹洞宗是日本禅宗的两大主要派别，临济宗深受朝廷及幕府的喜爱和推崇，因此得到将军、武士等上层阶级的皈依。曹洞宗的影响力主要集中在下层阶级，所以日本有“临济将军，曹洞土民”的说法。

日本禅宗经印度传入中国再传入日本，是中国禅宗的延续。它是随中日两国禅师的密切交往而形成，并逐步发展的产物，禅宗传入日本后迅速渗透到日本人的生活中。到了室町时代，禅宗文化在日本社会得到了广泛认可，并对日本的俳句、茶道、武士道、园林艺术等领域都有重大的影响。

俳句是日本特有的短诗型文学形式，有严格的特定格式。创作俳句要遵循两个基本规则：一是俳句是由五、七、五一共十七个假名构成的；二是俳句中要有季语（表示季节的词）。俳人擅长从自然景物中捕获创作灵感，在朴素平淡中发现美，并且俳人对外界事物有很强的观察力。因此，俳句常以山水、草木、花鸟来传情。说到俳句，就不得不提俳圣松尾芭蕉。松尾芭蕉系统地研究过日本的禅宗，并将禅宗的思想体现在俳句上。松尾芭蕉认为比起诙谐与滑稽，应该更看重俳句的自然与素朴，只有这样，俳句才可能得以长久流传。松尾芭蕉提倡的“闲寂”便体现了禅寂的一面。《古池》（『古池（ふるいけ）』）可以说是最能体现他“闲寂”理念的作品了。

古池（ふるいけ）や　蛙（かわず）飛（と）び込（こ）む　水音（みずおと）

蛙跃古池内，寂寂闻水声。①

这首俳句语言凝练，勾起了读者的无限想象。用“古池”二字表现出了无比的寂静。突然一只青蛙跳入池水中，跳的这个动作加上溅起的水声顿时打破了原先安静的世界，但同时也衬托古池更加寂静。水声过后，古池的水面又恢复了之前的宁静。这首俳句将动与静完美地结合在一起，动中有静，静中有动。禅宗主张在感性中参悟，从而达到精神世界的真正自由。松尾芭蕉的《古池》可以称得上是诗中有画亦有禅的名作。他将禅与俳句完美结合，以小见大，透过俳句亦能悟出禅机。优秀的俳句创作，是通过“悟”来洞察个人的内心世界，发现佛性，从而达到物我同一、豁然开朗的境界。其实不难发现，禅宗和俳句有一个共同的特点：都是通过与自然的密切接触，从而

① 笔者译。

有所悟化。也正是禅宗思想的渗入，才使得俳句有很强的艺术感染力。

禅宗的世俗化，普及的不仅是宗教的、哲学的禅，而且是文化的禅、文学艺术的禅。也就是说，禅的思想，不仅作为宗教，而且作为文学艺术思想来接受。① 禅僧参禅悟道的同时，也热衷于接触中国的文学艺术。禅宗文化对日本的茶道也有很大的影响。荣西不仅仅是日本禅宗的开创者，同时也是日本的“茶祖”。他将中国的吃茶、饮茶方式以禅、茶相融的思想带到了日本。直到镰仓时代才发展为茶道。日本的茶道始于镰仓时代禅宗寺院规定的喝茶礼仪，并流传到了民间。随着茶室、茶具的逐步完善，日本人开始强调精神层面的享受。

说到茶道，就不得不提日本的“茶圣”千利休（「千利休」）。他是草庵茶（「わび茶」）的完成者，将“空寂”作为茶道的美学理念。相对于在书院举行的豪华茶道而言，「わび茶」是一种简单朴素、舍弃物质享受、在风雅闲寂中追求精神的清纯茶道。而广义上的「わび茶」则是指千利休体系的全部茶道。千利休强调应该去掉一切人为的、外在的装饰而去追求朴素的情趣。他将茶道用的茶室进行改造，缩小其面积，简素的茶室配以同样简素的茶具、字画和插花。茶道仪式也很静寂，因此，人们相应地就会在情绪上进入一种空寂的境地。除此之外，千利休提出的“和、敬、清、寂”（「和敬清寂」）的茶道思想对日本茶道的发展产生了极其深刻的影响，并且将哲学、宗教、伦理、美学等融为一体。“和、敬”是指茶会上主人与宾客之间应遵守的人际关系准则；“清、寂”是指一种空灵寂静的环境氛围。禅宗吸收了中国文化中的“和为贵”的思想，主张用清静的本心去体验生活，从而达到“和”的境界。禅宗的这一思想渗透到茶道文化上，体现在茶道所营造的静谧、和谐的氛围上，一张半榻榻米大小的茶室将人与人之间的距离拉近，人们可以促膝而谈，没有尊贵贫贱之分。除此之外，茶道还吸收了禅宗的“我心即佛”“万物皆有佛心”这一思想，茶道中的“一座建立”（「一座建立」）就是一个很好的体现。“一座建立”是指在茶会上主人、宾客之间要有一种一体感，而这种一体感也是茶会的目的之一。“清”是指要保持心灵的清净；“寂”则要

① 叶渭渠．日本文学思潮史［M］．北京：北京大学出版社．2009：143．

求人们忘记一切，去创造一个新的艺术天地。日本的茶道，实际上是一种生活艺术，是禅宗思想外化的一种艺术形式，在品茶中远离尘世的喧嚣。

禅宗在日本的武士阶级中也颇受欢迎，并且被称为“武士的宗教”。这是因为禅宗的许多宗教特质与武士道精神吻合。武士道是日本封建社会武士阶层的道德规范。武士道受到禅宗“生死如一”的影响，形成了基于名、忠、勇、义、礼、诚、克、仁的精神信仰。一个武士要想保持其荣誉就必须履行这些美德，而丧失了名誉的武士则不得不切腹自杀。禅宗的“生死如一”的生死观与武士要有为君主随时舍身献命的觉悟相吻合，而且对武士的忠孝、不惧生死有很大影响。要把个人的生死置之度外，比起自己的生死，让自己的行动发挥出效果才是正道。死亡就是武士的终极目标。只有忘生才会不畏惧死亡，所以在战场上与敌人作战时，武士们才能够排除心中的杂念与敌人专心格斗。因此，以死为荣是很多武士必须恪守的人生信条。除此之外，禅宗提倡清心寡欲，要求禅僧克服私欲，这与武士们提倡的廉洁操守也很相似。禅宗没有烦琐的教义理论，全靠个人的顿悟。在修行方面，禅宗主张“顿悟成佛”的思想迎合了武士修行的需要。武士们通过修禅来获得内心的平静，与世无争，排除内心杂念，舍弃自己的私欲，以此提高自己的武术技艺。

总之，日本武士道的内容，几乎可以说是与禅宗的教义相通的，所以禅宗由中国传入日本后，进一步发展了日本的武士道精神，颇受武士阶级的欢迎。

禅宗对日本的园林艺术也有很深远的影响。首先，日本是一个多山岛国，岛屿海洋成就了日本人主要的审美意识。其次，由于受到农耕民族生产方式的影响，日本人对不加修饰的自然美有亲近感。当禅宗从中国传入日本后，禅宗思想与日本的国民性相结合，创造出了独特的日本园林艺术。提到日本的园林，就不得不提起日本的枯山水（「枯山水（かれさんすい）」）。13 世纪，禅宗传入日本后，在禅宗寺院出现了一种新的造园法，建造园林时不用水，而是用沙子、石头、树木等象征性地表现山川湖海等景观。园林里面几乎不使用开花植物，而是用沙石等静止不变的元素，打造出一种永恒的景观效果，从而形成了枯山水庭园。它是在一个狭小有限的空间里，运用象征手法来表现广袤的大自然。枯山水又称假山水，是日本园林独有的构成要素，堪称日本古典园林的精华与代表。以沙代水，以石代山，通常是一组或者若干组石景，白沙或者绿苔铺地，配置少量的乔灌木，就能对人的心境产生奇妙的力量。它体现了禅宗的“一沙一世界”，以及禅宗美学的枯寂简约，堪称一种精神园林。可以说，枯山水将禅宗美学的精神发挥到了极致，没有水体，也没有岛屿、乔灌木、建筑、小桥等元素，仅仅是石块、白沙、苔藓等很少的几样。禅宗认为万事万物皆由心生，日本的枯山水没有山也没有水，而是以石头象征岛屿，白沙象征大海，白沙上的纹理象征波涛万顷，以苔藓、草坪象征大千世界。枯山水以小见大，在有限的空间中表现出天地的造化。而这天地造化全靠身处庭园中的人用心去感悟。例如日本的龙安寺（「龍安寺（りょうあんじ）」）是著名的枯山水庭园。龙安寺是室町时代建造的禅宗古寺，位于日本的京都。寺庙方丈前一片矩形的白沙地上分布着五组长着青苔的岩石，此外别无一物。庭园要素简单抽象，具有很强的象征性意义。参观者凭借那寥寥的石头和一片白沙，用心悟出一个大千世界，从而明白“一即多，多即一”的禅宗理念。而且枯山水还被赋予了哀怨静谧之美，脱离凡俗的喧嚣的闲寂氛围也为参观者提供了很好的顿悟环境。

枯山水的设计者通常是有名的禅宗僧侣。他们崇尚自然，一反“无池无水不成园”的传统，赋予枯山水以“空寂”美，依靠抽象与写意的手法，创造出简朴淡雅、和谐自然的境界，为修禅的人营造出一方精神净土。枯山水庭园中没有水体，表现出的是一种不变的永恒，这种“永恒”虽然至美，但空寂。枯山水一方面通过写意表现了自然之美，另一方面也通过无水体的永恒来时刻警戒观者这种永恒的美是无常的、短暂的，从而规劝人们要想达到永恒的精神存在，就必须摆脱尘世欲念的羁绊。

中国禅宗东传日本是在日本的中世时期，也就是在中国的宋代。禅宗在中日僧侣们的共同努力下逐渐发展，加之迎合了武士阶级的需要，幕府和朝廷也对禅宗给予雄厚的支持，最终禅宗在日本获得了极大的发展，其影响巨大，渗透日本文化的方方面面。

05 古今和歌之格韵

——「たおやめぶり」

8 世纪后半期，日本出现了最早的和歌总集《万叶集》，这标志着日本文学发展进入了一个崭新的阶段，但和歌并未由此立刻迎来全盛时期。自 7 世纪中叶起，日本相继派出遣隋使、遣唐使前往中国学习，他们带回了大量汉文典籍，对此后日本文学的发展产生了巨大影响。实际上，《万叶集》就收录了少量汉诗，其中包括山上忆良（「山上憶良」）的作品，而他主要受到了中国六朝思想的影响。到了平安时代初期，以嵯峨天皇（「嵯峨天皇」）为代表的朝廷，更是提倡接受盛唐文学遗产，他依照中国魏文帝在《典论》中提到的“文章乃经国之大业，不朽之盛事”的思想，直接把文学意义和国家的盛衰联系在一起。于是，他下令编纂了汉诗敕文集《凌云集》（『凌雲集』）、《文华秀丽集》（『文華秀麗集』），之后的淳和天皇（「淳和天皇」）又敕令编纂了汉诗文集《经国集》（『経国集』），这就是日本历史上著名的三大敕撰汉诗文集，标志着汉文学被公认为正统的文学。此外，留唐归国僧人大力引进中国诗论和诗学，尤其是《白诗文集》在平安时代极受欢迎，以至日本文坛呈现出了汉诗文一边倒的现象，历史上将这个时期称作“国风黑暗时代”（「国風暗黒時代」）。但是到了 9 世纪中期，随着日本律令体制的瓦解，遣唐使制度也于 894 年被废除，而以藤原氏为中心的贵族占据了统治地位，藤原良房（「藤原良房」）开始“摄关政治”（「摂関政治」），“文章乃经国之大业”的观念渐渐淡化。另一方面，日本假名文字正式产生，且在国内得到了普及。于是，日本文坛再次迎来了国风文化的高潮。

在这样的社会背景下，纪贯之（「紀貫之」）、纪有则（「紀友則」）、凡河内躬恒（「凡河内躬恒」）和壬生忠岑（「壬生忠岑」）四人奉醍醐天皇（「醍醐天皇」）敕命，于延喜五年（905）编纂了日本文学史上第一部敕撰和歌集《古今和歌集》。这部和歌集既有用汉文写的真名序，也有用假名写的假名序，两篇序都涉及了和歌的本质、产生的根源、社会功效等。其中，尤其是纪贯之写的假名序备受关注，是日本文学史上最早的评论，它建立起较为完整的和歌理论体系的雏形，为日本民族诗歌的理论奠定了坚实的基础，并对和歌的发展做出了历史性的贡献。《古今和歌集》中的“古”是指 9 世纪以前保留了一定数量的万叶过渡期的古歌，而“今”是指 9 世纪后半叶进入“六歌仙时代”（「六歌仙時代」），以及编撰者同时代展现了当时歌风的新歌。与被称作有“阳刚”（「ますらおぶり」）之美的《万叶集》不同，《古今和歌集》的歌风不再是古雅质朴、雄浑凝重，而是纤细优美、语言洗练、歌调正雅，被称为“女性的阴柔之美”（「たおやめぶり」）。「たおやめ」的日文汉字是「手弱女」，原意是窈窕淑女，加上「ぶり」后形成了一种风格，即“女性的阴柔之美”。

《古今和歌集》收录的和歌更多地使用了挂词（「掛詞」）、缘语（「縁語」）、歌枕（「歌枕」）等具有和文修辞、和文文体意味的独特表现技法。所谓“挂词”，是指同音异义词，即一首歌可以含有两种意义，以此来增加和歌的联想和余韵；“缘语”是指音义相同的词；“歌枕”也叫作枕词（「枕詞」），是使人产生联想的词，作者可以借地名、景物来表达自己的感情。这些修辞手法大大丰富了和歌的内容，提高了和歌的表现技巧，增加了和歌的艺术性，拓展了和歌的语言空间，推动了和歌的蓬勃发展。

以《古今和歌集》歌风的变化为标准，可将其分为三个阶段。第一个阶段是无名氏（「読み人しらず」）时代。歌集收入了许多无名氏的作品，约占全歌集作品的四成。这些歌与《万叶集》相比，明显表现出了纤细的洗练。

五月待つ　花橘の　香をかけば　昔の人の　袖の香ぞする

五月花桔送清馨，

教忆昔人罗袖香。①

平安时代，贵族们喜欢调配各种香料熏衣，交往较多的人往往凭借对方身上的香味，便能知晓是某人。“花橘”是一种原产于日本的橘花，属于古代野生柑橘，旧历五月开白色的小花，香气馥郁。歌中的“昔の人”是指初恋的姑娘或是男性。整首歌表达的是夏天橘花飘香的季节，闻到野橘花的芳香时，不由想起了初恋情人的衣袖上熏染的野橘花的芬芳。

第二个阶段是六歌仙时代，可以说是古今歌风的确立时期，在这个阶段，缘语、挂词等和歌技巧越来越频繁地被使用。六歌仙具体指的是850年至890年在文坛上活跃的在原业平（「在原業平」）、僧正遍昭（「僧正遍照」）、小野小町（「小野小町」）、文屋康秀（「文屋康秀」）、大伴黑主（「大伴黒主」）和喜撰法师（「喜撰法師」）六个人。而六人之中，小野小町和在原业平的作品被收入的最多。

花の色は　移りにけりな　いたづらに　わが身世にふる　ながめせしまに

太息花色今更易，

此身虚度春雨中。②

这首歌的作者是小野小町，她大约生活在9世纪中叶，六歌仙中唯一的女歌人，并且是历代日本人心目中美女的典型。歌中「花の色」既指樱花的颜色，也指自己的容貌。而歌中的「ふる」和「ながめ」都是挂词。「ふる」可写成「降る」，也可写成「経る」，描写春雨潇潇的同时，也感叹了自己茫然虚度岁月。其后的「ながめ」既可写成「長雨」，也可写成「眺め」，一方面描写了绵绵的春雨，另一方面描写了个人对自己身世的凝视。这首歌描述

① 彭恩华. 日本和歌史［M］. 上海：学林出版社，2004：48.

② 彭恩华. 日本和歌史［M］. 上海：学林出版社，2004：265.

的是，正如烂漫的樱花要凋落一样，女人的花容月貌也难免随时间流逝而衰老，在如花似玉的时候，没有遇见能够欣赏自己的知音，如今却已人老珠黄，最终难逃被始乱终弃的命运，不由得哀叹身世的可怜和无奈。

年(とし)を経(へ)て　すみこし里(さと)を　いでていなば　いとど深草野(ふかくさの)　とやなりなむ

数年同居深草村，
若寻故里草更密。①

这是在原业平的一首歌，他是历代日本人心目中美男的典型。他受到汉学、儒学的影响较少，是和歌的名家，并将其一生的热情倾注在众多的女性身上。这首和歌就是在原业平写给昔日情人的思念之歌。歌中出现的“深草”是个挂词，既指代京都市伏见区，也含有野草茂密的意思。整首歌的意思是，和情人在深草村同居数年，后来自己单独离去，如果现在再去那里的话，也许草比以前更密了。

第三个阶段是编撰者的时代，也是古今歌风的完成时期，挂词、缘语、比喻等和歌技巧更加完善，并且风格优美纤细的作品越来越多了。

桜花(さくらばな)　散(ち)りぬる風(かぜ)の　なごりには　水(みず)なき空(そら)に　波(なみ)ぞ立(た)ちける

樱花已散风犹吹，
无水空中涟漪飞。②

这首和歌的作者纪贯之，是《古今和歌集》编纂者的核心，平安时代和歌复兴时期的代表性歌人，和歌集里他的作品收入最多，且他的短歌几乎是古今歌风的总体象征。这首歌描述的是，春风吹落了无数的樱花，落到水面

① 笔者译。
② 笔者译。

上，河面水平如镜，映出蓝天白云。微风在水面上吹起涟漪，粉红色的花瓣像在碧空清波上荡漾漂浮。歌人用樱花绚烂却短暂的美丽，形象化地表现了细腻的心灵波动，华丽的时间过去以后，留下的是可怕的空虚。把樱花的美丽及迅速凋谢作为日本人心灵的象征，这是从《古今和歌集》开始才形成的审美意识。

袖ひぢて　むすびし水の　こほれるを　春立つけふの　風やとくらむ

湿袖清水可盈掬，
春回东风解严冰。①

这是纪贯之的另一首歌作。大意是：夏天在河边或泉边，打湿双袖捧起来的凉水，到了冬天结成了冰，今天是立春之日，暖风吹拂，春回大地，结冰的河水也即将开始融化了吧。歌人不是客观地描写自然，而是将主观意识投入自然。短短的一首和歌，涵盖了一年四季事物的流转，将一年的时间自然地象征化。这种用观念与技巧创作的和歌风格，与万叶时代雄壮、直率的歌风截然不同，显得细腻、美艳、阴柔。

首先，《古今和歌集》的歌人，对自然和季节的感受性极其纤细，他们开始依照季节转换选择景物作为歌语，拥有明确的季节变迁感受，在时间的流转上吟咏出人与自然一体的世界，创造出了日本的四季美意识。其次，《古今和歌集》恋歌的歌风内向，含蓄婉转，从实际到虚空，甚至寄托在梦中与情人相会或梦中相思，用这样的方式来展现爱的心路。这些特点都充分体现了《古今和歌集》具有“女性阴柔之美”的审美意识与创作理念。

① 彭恩华. 日本和歌史［M］. 上海：学林出版社，2004：262.

06 女性文学的高峰
——「平安女流文学」

从 794 年桓武天皇（「桓武天皇」）迁都平安京（如今的京都）到 1192 年镰仓幕府建立的大约 400 年被称为日本的平安时代。按文学史的划分，这一时期的文学被称为古代后期文学或者中古文学。由于平安时期的文学创作主要集中在贵族社会，因此也被称为“贵族文学”。这一时期的文学是日本古典文学的重要组成部分，不仅汉文学十分兴盛，日记文学、物语文学、和歌文学也都取得了空前的发展。而这一时期活跃文坛、大放异彩的几乎都是女性作家，先后出现了藤原道纲母（「藤原道綱母」）、紫式部（「紫式部」）、清少纳言（「清少納言」）等。她们的创作不仅将日本古典文学推向了一个新的高峰，也以其独特的魅力形成了其他时代鲜有的女性文学现象。

平安时代女性文学（「平安女流文学」）的繁荣是在多种因素的综合作用下形成的，与当时日本振兴国风的文化环境密不可分。日本在 8 世纪之前，以奈良的都城平安京为中心，由于受中国的影响而兴盛的贵族佛教文化被称为“唐风文化”，而“国风文化”是以从 10 世纪左右至 11 世纪的摄关政治期为中心形成的具有日本和风特色的文化，与奈良唐风文化相对。平安时代是“唐风文化”向“国风文化”的过渡时期，也是日本文学相对自立的时期。

平安初期，在律令体制的影响下，日本朝廷派遣遣唐使，积极吸收模仿唐朝文化，汉诗文发展兴盛。出现了诸如《凌云集》《文华秀丽集》《经国集》等敕撰汉诗集。到 9 世纪后半叶，以藤原氏为中心，贵族化倾向日益显现，宫廷的政治形势出现变化，敕撰汉诗集被私家汉诗集所取代。其一，平安女性作家的活跃以藤原氏为中心的摄关政治全盛时期为背景。摄关政治即摄政关白制度（外戚专政）。天皇年幼时辅政者被称为“摄政”，天皇成人后的辅政者则被称为“关白”。平安时代，藤原氏一族作为外戚建立起摄关制度，掌握了国家大权，为了巩固摄关的地位，首先，藤原氏各家一心想将自己的女儿嫁于天皇后被拥立为皇后，为此，他们悉心培养自己的女儿成为当时贵族争斗的中心。其次，为了确保已经入宫的女子的荣宠，招募知名的贵族才女入宫作为女官相伴左右。如紫式部、和泉式部辅佐藤原道长之女彰子，清少纳言辅佐藤原道隆之女定子等。而中下层贵族为了与上层贵族产生联系，也争相培养自己的女儿，或入宫作为女官，或缔结婚姻关系。一时间在后宫中聚集了众多才女，后宫成了文化沙龙、社交的中心。

在男尊女卑的时代下，正因为贵族们把女性作为争夺权力的工具，客观上也为女性带来了学习的机会，创造了这些女性参与文学的主观条件。而身居宫廷的生活体验也使她们有了进行文学创作的素材。所以说，摄关政治客观上为平安时代女性文学的兴起创造了条件。

其二，女性文学的兴起除了与当时的政治环境有关之外，还要归功于假名文字的产生和发展。日本古代没有自己的文字，从朝廷的公文到私人的日记，都必须依赖于汉字完成，但汉字毕竟属于外来语，用来表达和传递思想情感时总是稍有欠缺。在奈良时代，日本人就发明了利用汉字音读、训读来书写的万叶假名，到了平安时代由于“唐风文化”向“国风文化”的过渡，日本人以万叶假名为基础，把汉字的草书简略化，创造了一种表音文字——假名。假名克服了书写和表达上的不便，并且脱离了汉字的规范性，能够更加准确地表达其纤细的情感，抒发其内心世界。但是在当时极其推崇中国文化的贵族社会中，假名文字不仅没有得到认可，还受到贵族男性的歧视，将其称为“女手”，他们仍以写汉字、汉诗为荣。这使得假名几乎成了女性专用文字。可以说假名文字的创造和发展，为女性文学的产生奠定了必要的基础，使得平安时代的女性文学脱离了汉字的束缚，运用假名文字自由地表达自己的情感，书写出完全不同于男性的崭新的文学世界。

而平安时期女性文学的得名，不仅仅因为活跃的群体是女性，更是因为这些作家深刻描写了不同于男性贵族社会的生活，展现了那个时代女性的情感思想而别具一格。这一时期，出现了诸如《蜻蛉日记》（『蜻蛉日記』）、《源氏物语》（『源氏物語』）、《枕草子》（『枕草子』）、《和泉式部日记》

（『和泉式部日記』）等流芳后世的文学作品。这些作品的体裁各异，涉及物语、日记、随笔等。

日记原是贵族宫廷男子，用汉文书来记录政务、节日礼仪或个人私事的“备忘录”，实用性较强但缺乏文学性。随着假名的发展，中下层的贵族女性开始用假名来记录，日记的内容也不再是简单对日常生活的记录，而是结合自己的所想来抒发自己的内心世界。在日记向日记文学发展的过程中起过渡作用的是纪贯之（「紀貫之」）的《土佐日记》（『土佐日記』）。作者纪贯之虽为男性，却假托女性之名以平假名来书写，记录了完成地方任期后由土佐返回京都途中的经历及感受，更有对死去女儿的追忆和伤感之情的流露。这是日本最古老的日记文学。在此之前，和歌可以说是当时女性表达情感的唯一方式，而《土佐日记》的出现，则开辟了一条新的道路，为女性日记文学的产生和发展起到了推动作用。

《蜻蛉日记》被认为是最初的女性日记文学。作者是藤原道纲之母，她通过对自己长达 21 年的生活的回顾，记录了自己充满爱与苦恼的人生。754 年，藤原道纲之母嫁给妻妾成群的显赫贵族藤原兼家（「藤原兼家」），次年生下一子道纲。结婚之时她的丈夫兼家就已经有了正妻时姬，在当时一夫多妻的环境下，她的爱情和家庭生活注定不会美满幸福。日记的前半部分，作者深深苦恼于不美满的夫妻生活，而后半部分则不断内省，思考女性真正的幸福。对生活经历的感悟，促使作者用文字记录生活和内心所想，而日记便成为最佳的表达方式。

《蜻蛉日记》记录了藤原道纲之母的生活与心情，真正流露出男尊女卑时代只能依附于男性而存在的女性内心世界的苦恼。曾经如此深爱丈夫兼家的道纲之母，经历了丈夫的冷淡、情感上的痛苦之后，最终还是不得不放弃对兼家的爱，将重心转移到儿子道纲身上。这种悲哀，可以清楚地从日记中体会出来。此外，《蜻蛉日记》还被称为自照文学，这是因为日记真实记录了作者对人生的体验和感悟，体现了对自我生活和心境的反省与思考。“可以说《蜻蛉日记》它既是一篇人生的自白书，有着透彻的人生关照；也是一幅风俗的绘画卷，展现了大和的多彩风情。”①

① 叶渭渠，唐月梅. 日本文学史：古代卷（下册）[M]. 北京：昆仑出版社，2004：417-418.

在这一时期，除了女性日记文学大放异彩之外，被称为女性文学双璧的《源氏物语》和《枕草子》更是在日本文学史上占有举足轻重的地位。

紫式部出身于中等贵族家庭，其曾祖父、祖父都是有名的歌人，父亲研习汉诗文，是颇有名望的汉学家。受家庭环境的熏陶，加上天资聪慧，紫式部不仅通晓中国的《史记》《汉书》等史书，对佛学、音乐等也均有涉猎，文学修养深厚。她的父亲也常常感慨其才华，叹惜她生为女子。后家道中落，她嫁给年长 20 余岁的藤原宣孝，婚后育有一女，但两年后丈夫不幸因病去世。之后，她应召入宫侍奉中宫彰子，而正是长期在宫中生活的经历为《源氏物语》的写作提供了素材。

《源氏物语》是世界上最古老的长篇小说，不仅是物语文学的集大成者，更是日本古典文学的最高杰作。作品由 54 卷组成，按照内容可以大致分为三个部分。第一部分（第 1 卷—第 33 卷），主要讲述了主人公源氏的诞生、多样的恋爱经历，以及经过沉浮最终成为准太上天皇的约 40 年的时光。第二部分（第 34 卷—第 41 卷），主要以苦恼于年轻时所犯过错的源氏的内心为中心，描写了其晚年时光。第三部分（第 42 卷—第 54 卷），主人公转变为源氏的儿子熏，以宇治为背景，记述了其为恋爱而摇摆不定的身影。平安时代的女性作家多是从身边的琐事出发到抒发个人的感受，从写自身的痛苦到反映女性普遍的状态和情感，而这其中的代表当数紫式部。她凭借自身出任宫廷女官的经历，描写以源氏为代表的封建贵族给女性带来的痛苦，把自己对一夫多妻制社会现实的不满，和对贵族特权下女性命运的同情，全部融入笔下的人物之中。在这部作品中，作者刻画了众多个性鲜明的贵族女性形象。如高贵端庄的藤壶，柔中带刚的空蝉，娴熟秀美的紫姬等。以女性作家独特的视角，描写她们的爱情和婚姻的不幸，揭示人物内心深处的感受，谱写了女性命运的哀歌。而《源氏物语》真正打动人心的力量也来自于此。

《源氏物语》描写了主人公光源氏的一生与众多女性的情感纠葛，时间跨度 80 年，历经四个朝代，展现了平安时代王朝贵族生活的巨幅画卷，对于了解这一时代的面貌和特征有着重要的意义。尤其是《源氏物语》中所体现的“物哀”（「もののあはれ」）文学创作理念，虽源于日本古代文学的“哀”的审美传统，但受儒学和佛教宿命观的影响，“物哀”上升到对人的关怀和对社会的理性思考，其精神内涵更加丰富，对平安时代的文学创作及对日本的文学发展产生了不可撼动的影响。

与《源氏物语》一起被称为平安女性文学双璧的《枕草子》，同样在日本古典文学史上占有重要的地位。《枕草子》被称为日本随笔文学的开山之作，形成于平安时代中期，作者清少纳言是与紫式部齐名的才女。她出身于书香门第，从小受到家学的熏陶，在文学教养方面得天独厚，和歌则毋庸置疑，在汉学方面亦造诣颇深。大约 27 岁那年，清少纳言开始出任中宫定子身边的女官，在她身边度过了多年侍奉时光。而《枕草子》记录的就是这些年她在宫廷的见闻和感想。

《枕草子》全书分为三百余段，各段独立成篇，互不衔接，内容广泛，题材多样。内容上大致可以分为三类：一是以“物尽”的章段，将相似之物罗列聚集；二是随想的章段，抒发个人对日常生活、自然景物的感受；三是以回想的章段，记述宫中的见闻和经历。全书行文纤细明快，既无日记中时间场所的拘束，又无表现手法的限制，只是将自己的所见所闻所感随性地表达出来，用积极的态度，赞赏纤细的、动态而和谐的美，企求清新明亮的世界。与《源氏物语》中所表现出来的“物哀”的审美思想相比，清少纳言对生活的感悟则是明快的，作品中很少出现压抑、消极的影子，处处充满着作者以敏锐的感觉对捕捉到的细微之处的美进行的生动描写，春夏秋冬的四季风情，花鸟虫鱼的千姿百态，还有作者欢喜的事、讨厌的事等。《枕草子》中所表现出的这种“清趣”（「をかし」）之美，更具有积极向上的倾向，代表了平安时代的另一种文学理念。

如果说《源氏物语》的创作还有此前的《竹取物语》（『竹取物語』）等可供借鉴，那么《枕草子》则可以说是清少纳言的首创，是日本随笔文学的开山之作。它的出现构建了日本随笔散文这一新的文体样式，对后世的鸭长明（「鴨長明」）的《方丈记》（『方丈記』）、吉田兼好（「吉田兼好」）的《徒然草》（『徒然草』），以及近代随笔文学的发展带来了不可估量的影响。

由此也可以大致归纳出平安时代女性文学的几个特征：其一，家庭环境和宫廷生活是平安时代女性文学创作的基础和源泉；其二，对时代社会、自身的反思自省则为平安女性文学的产生提供了动力；其三，女性形象是平安女性文学的主角，尽管不同作品的侧重点不同，但都呈现出古代贵族女性的形象。

总之，摄关政治为女性提供了学习的机会，宫廷的生活经历可以说是女性创作的土壤，而假名文字的产生则为女性自由地表达情感提供了便利的方式，因此，平安时代女性文学的繁荣并不是偶然的现象，与当时特定的政治、文化背景有着极其密切的关系。平安时代之后，武士兴起，战乱频繁，日本文学虽然也在不断发展却再也无法达到平安时代的女性文学的高峰。而平安时代女性作家创作的《蜻蛉日记》《源氏物语》《枕草子》等作品不仅是文学史上的名作，更确立了以“真实”“物哀”为主体的日本传统审美体系，进一步推动了“国风文化”的成熟，对民族文学与文化的发展产生了较大的影响。

07 《枕草子》之和雅
——「をかし」

《枕草子》（『枕草子』）是日本最早的随笔文学，形成于平安时代中期，公元 1001 年左右，作者清少纳言（「清少納言」）。

清少纳言出身于书香门第，她的祖父、父亲都是著名歌人，且父亲清原元辅（「清原元輔」）是《后撰和歌集》编撰者之一，也是“梨壶五人”（「梨壺の五人」）之一。“清少纳言”不是她的真实姓名，“清”字取自父亲的姓氏“清原”，“少纳言”则由来不详。清少纳言在文学教养方面得天独厚，从小就受到家学的熏陶，和歌则毋庸置疑，在汉学方面亦造诣颇深，尤其熟知《白氏文集》（『白氏文集』）及《和汉朗咏集》（『和漢朗詠集』），《枕草子》中也处处可见受白居易诗歌的影响。大约 27 岁那年，她开始出任中宫定子身边的女官，在她身边度过了多年侍奉时光。家庭生活和宫廷生活的阅历，为清少纳言积累了丰富的素材。《枕草子》记录的就是这些年她在宫廷的见闻和感想，以及她和中宫定子之间充满机智、富含文学修养的对答。

《枕草子》还被称为《清少纳言枕草子》《清少纳言枕》等，关于书名的来源有多种不同的解释，其中一种认为是受到白居易《秘省后厅》一诗中“尽日后厅无一事，白头老监枕书眠”的影响。而书名的意义应理解为“备忘录”或者“身边的随想”较为妥当。“草子”则是指装订好的书册或卷子，而汉字则取自音译，也可记为“册子”或“双纸”等。“枕”一般认为是枕边之意，也就是手边随手可触的地方。“枕草子”在平安时代还不是现在意义上专指清少纳言的《枕草子》一书，而是一个普通的名词，由于后世对该作品的研究深入及其在文学史上的地位日益凸显，才逐渐转变为专指清少纳言的《枕草子》一书。这部作品的大部分内容写于中宫定子逝世之后。清少纳言记录了生活中一些琐碎的事，如高兴的事、担心的事、难为情的事、懊恼的事、遗憾的事、感人的事等，并追忆了宫中的繁华生活及藤原道隆（「藤原道隆」）一家的繁荣与衰败，反映了宫廷里复杂的人际关系、当时的社会背景等内容。

《枕草子》全书共有 12 卷，分为三百余段。从内容上大致可分为三类。一是类聚形式的段落。这一部分运用了平安时代最为流行的“物尽”手法，写成的“类纂性文本”文字短促凝练，以类聚的形式出现。作者通过长期、细致和深入的观察与思考，根据自己敏锐的感性认识，将彼此相关、相悖的事物加以分类，然后围绕某一主题，进行深入的描述。二是随笔形式的段落。这是整部作品中最具特色的段落，内容不仅涉及山川草木、人物活动，还有京都特定的自然环境在一年四季中的变化，直接抒发了作者最真切的感想。三是回忆形式的段落。这一部分主要回想以中宫定子为中心的十年的宫廷生活，文章中心内容主要是对定子的赞美。记录的内容大多是作者的亲身体验，同时也包括了当时流传的故事和戏剧性场面，描写手法诙谐幽默。

《枕草子》的文体简洁，行文雅趣，其中最有名的段落，莫过于随笔开头对四季不同时辰的描写了。

春はあけぼの。やうやうしろくなりゆく山ぎは、すこしあかりて、紫だちたる雲のほそくたなびきたる。

夏は夜。月のころはさらなり、やみもなほ蛍飛びちがひたる。雨などの降るさへをかし。

秋は夕暮。夕日花やかにさして山ぎは、いと近くなりたるに、烏のねどころへ行くとて、三つ四つ二つなど、飛び行くさへあはれなり。まして雁などのつらねたるが、いと小さく見ゆる、いとをかし。日入り果てて、風の音、虫の音など。

冬はつとめて。雪の降りたるは言ふべきにもあらず。霜などのいと白く、またさらでもいと寒きに、火などいそぎおこして、炭持てわたるも、いとつきづきし。昼になりて、ぬるくゆるびもて行けば、炭櫃（すびつ）、火桶（ひおけ）の火も、白（しろ）き灰がちになりぬるはわろし。

春天黎明很美。

逐渐发白的山头，天色微明。紫红的彩云变得纤细，长拖拖地横卧苍空。

夏季夜色迷人。

皓月当空时自不待言，即使黑夜，还有群萤乱飞，银光闪烁；就连夜雨，也颇有情趣。

秋光最是薄暮。

夕阳发出灿烂的光芒。当落日贴近山巅之时，恰是乌鸦归巢之刻，不禁为之动情。何况雁阵点点，越飞越小，很有意思，太阳下山了。更有风声与虫韵……

冬景尽在清晨。

大雪纷飞的日子不必说。每当严霜铺地，格外地白。即使不曾落霜，但严寒难耐，也要匆忙笼起炭火。人们捧着火盆，穿过走廊，那情景与季节倒也和谐。一到白昼，阳气逐渐上升，地炉与火盆里的炭火大多化为灰烬。糟糕！①

清少纳言以细致的笔触，描写了四季自然的瞬间微妙变化，精确地捕捉到了事物瞬变之美。无论是春、夏、秋、冬四个季节的情趣，还是山、川、草、木的自然风情，抑或花鸟虫鱼、风花雪月的千姿百态，她都形象生动地描写了出来。这一段文字充分体现了清少纳言高雅的美感与敏锐的季节感，并成了日本古典文学中的千古绝唱。

《枕草子》之所以被视为日本文学巨著，除了上述提到的作者富含诗情的想象力及纤细的感受性之外，更主要的原因是它以日本本土风情为观察对象，抒发了对自然界的神往。清少纳言不同于当时王朝贵族们沉湎于欣赏飞花落叶的感伤情调里，而是在描写自然景物和动植物时，采取积极的态度，赞赏

① ［日］清少纳言．枕草子［M］．于雷译．石家庄：河北教育出版社，2002：1.

纤细的、动态而和谐的美，企求清新明亮的世界。《枕草子》所表现出的一种“清趣（「をかし」）”之美，与当时王朝审美意识的主流——“物哀（「もののあわれ」）”的审美思想并驾齐驱，代表了日本平安时代另一种文学理念与“和雅”的审美趋向，神恬气静，令人顿消其躁妄之气者，和雅也。

“清趣（「をかし」）”亦即清新有趣，其审美情趣主张的是以理智的态度来欣赏、评论所观察的对象。关于「をかし」的词源，目前比较有力的说法认为，它是由「おむかし」和「をこ」两个词演变而来的。「おむかし」是对某对象产生满足感的意思，「をこ」则有表示愚蠢事物的意思。清少纳言在《枕草子》中使用「をかし」一词多达466例。在《枕草子》的题跋中，清少纳言这样写道：“家居无聊之际，将所见所思记下……这里面多是世间趣事之中，选出别人或者会认为有意思的事情，至于歌诗，则挑选那些记述草木虫鸟等等的，只怕或有人会讥讽：‘比预期的差些，但也还看得出心意来。’其实，这只是将我心中自然想到的事情戏为之书出罢了……”① 可以看出在作品中描述的自然、风景、人情等都是作者所认为的“清趣（「をかし」）”的事物，展现了清少纳言独特的审美意识。与紫式部多以多愁善感的主观情绪来感受一切“物哀（「もののあわれ」）”的审美情趣相比，清少纳言的“清趣「をかし」”的审美意识显然具有积极向上的倾向。

比如同样是描写春天，紫式部体现的是樱花一夜凋落、瞬间即逝的感伤，而清少纳言则是这样描写的：

三月三日は、うらうらとのどかに照（て）りたる。桃（もも）の花（はな）の今咲（さ）き始（はじ）むる。柳（やなぎ）などをかしきこそさらなれ、それもまだまゆにこもりたるはをかし。広ごりたるはうたてぞ見ゆる。

おもしろく咲きたる桜を長く折（お）りて、大きなる瓶（びん）にさしたるこそをかしけれ。桜の直衣（のうし）に出袿（いだしうちき）して、まらうどにもあれ、御兄（おあに）の君（きみ）たちにても、そこ近（ちか）くゐて物（もの）などうち言（い）ひたる、いとをかし。

① ［日］清少纳言．枕草子［M］．林文月译．南京：译林出版社，2011：355-356.

三月初三，阳光和煦而柔情地照拂大地。桃花乍放，更不消说碧柳逞娇。况且，柳芽宛如裹茧壳之中，尚未舒展，那才可爱。一旦叶子长大，就不美了。花落之后，也不再有什么看头。

将盛开的梅花长长地折下一枝，插进大型花瓶里，要比真正栽在花瓶里的繁茂花束更加异彩纷呈。

身穿梅花直衣的贵族，特意露出漂亮的出挂（平安朝贵族男装）底襟。不论贵族还是皇后的弟兄等公子，坐在鲜花房闲谈，那情景十分风雅。①

与紫式部相比，清少纳言更注重的是在生活中寻找、发现、感悟有趣的事。

此外，《枕草子》中，除了上述作者对自然景物的感受之外，也处处体现出了作者的汉文学修养及对白居易文学的喜爱。如作品的第二百七十九段“雪のいとたかう降りたるを、例ならずご格子まゐりて”（即“香炉峰雪”段），与白居易诗歌关系密切。

雪のいとたかう降りたるを、例ならずご格子まゐりて、炭櫃に火おこして、物語などしてあつまりさぶらふに、「少納言よ。香炉峰の雪いかならむ」と仰せられれば、御格子上げさせて、御簾を高く上げたれば、笑はせたまふ。人々も「さる事は知り、歌などにさへうたへど、思ひこそよらざりつれ。なほこの宮のひとにはさべきなめり」と言ふ。

大雪下得很深，与平时不同，将格子窗放下，火炉生起炭火，女官们聚在一起闲谈话，在中宫驾前伺候。

中宫说：“少纳言：‘香炉峰雪’如何呀?”

我将格子窗吊起，再将御帘高高卷起。中宫笑了。其他女官都说：

① ［日］清少纳言. 枕草子［M］. 于雷译. 石家庄：河北教育出版社，2002：7.

“大家都知道这首诗，甚至也都吟咏过，可就是不曾想起。毕竟伺候中宫，少纳言是最佳人选啰！”①

这一段描写作者与中宫定子之间的“问答”场面，面对中宫定子的提问“香炉峰的雪怎么样了”，清少纳言没有直接以白诗作答，而是通过把格子窗打开，再高高地掀起御帘这一行动，巧妙地给出了答案。清少纳言无疑是受到白诗“香炉峰雪拨帘看”的启发，表现出了其作为女官的聪慧与修养。类似这样的段落在《枕草子》中还有很多，充分体现出了白居易的诗歌对当时的女性文学的影响。

日本的平安时代，唐风去，和风来，随着女性用假名进行文学创作的繁荣，女性日记文学、物语文学等活跃着这一时期的文坛。作为日本古代文学发展的高峰，平安时代的文学创作可以说是百花齐放、百家争鸣。汉文、汉诗等创作虽有衰落但也成果丰硕，而和歌、物语等和风文化得到了极大的发展。但令人意外的是，在《枕草子》之前，如此兴盛的文学创作中，却唯独没有随笔散文这种文学样式。相对于其他文学样式而言，《枕草子》没有前人的文学作品可参考，是清少纳言的独创，清少纳言是日本随笔散文的鼻祖。《枕草子》诞生后近两百年，此类的随笔文学再未出现。它清新明快，形式多样、行文自由的写作风格，以及“清趣（「をかし」）”的审美理念对之后的《徒然草》《方丈记》及近代随笔文学的发展都带来了不可估量的影响。随笔文学在日本文学史上虽有高潮和低谷的起伏跌宕，但其历史发展的脉络一直连绵不断，延续至今，是日本散文史上的灿烂一景，形成了具有日本特色的文学题材，展示了其独特的文化现象。

① ［日］清少纳言．枕草子［M］．于雷译．石家庄：河北教育出版社，2002：394．

08《源氏物语》之美艳

——「もののあわれ」

公元 11 世纪，被誉为日本文学史上最高杰作的《源氏物语》（『源氏物語』）呈现在世人面前。它的出现，不仅仅意味着一部物语文学巨著的诞生，而是构建了后世日本文学的创作理念，并形成了后世日本文学中文化记忆的源泉。

《源氏物语》作为世界上最早的长篇写实小说，在世界文学史上，具有无可替代的重要地位。作者紫式部（「紫式部」），曾于 1966 年被联合国教科文组织评为“全球五大伟人”之一。

紫式部出身于书香门第，从小受到中国传统文化的良好熏陶，自幼随父亲学习汉诗，熟读中国古代典籍，有很高的汉学、佛学、艺术修养，造诣颇深。当藤原道长（「藤原道長」）权倾一时，其长女彰子被册立为中宫时，紫式部被召入宫中做女官，侍奉中宫彰子。在此后的生涯中，她有更多的机会观览藏书和艺术精品，并可直接接触宫廷的内部生活，因此，她对“摄关政治”（「摂関政治」）的繁荣与衰败，宫中权力之争的内幕，以及一夫多妻制下妇女的不幸等，有着全面的观察和深入的了解。

《源氏物语》的文学创作理念，无疑继承和发展了古代日本文学“哀”（「あわれ」）的审美传统。从词源学的角度考察，“哀”原本是感叹词，由“啊”（「あー」）和“哟”（「われ」）这两个感叹词组合而成。由于「あわれ」与日文汉字“哀”同音，就用“哀”字标记，并赋予它悲哀情感的特定内涵。若仔细分析《古事记》《日本书纪》《万叶集》中“哀”的用法及意思，我们可以清晰地看到“哀”的发展轨迹。它首先从单纯地表示感叹，发展到表现哀伤、悲悯，随后又逐渐发展成表现悲哀、同情等情感。据日本学者统计，在《源氏物语》原著中，出现“哀”一词多达1044次，且此时的“哀”经历了从简单到复杂的变化过程，它表现的内容和含义更为丰富和充实，它包含了赞赏、共鸣、同情、悲伤、可怜等情感，而且其感动的对象不仅仅是人和自然物，整个社会世相都包含在“哀”的感物寄兴的动容之中。

首次提出《源氏物语》的文学创作理念为“物哀”（「もののあわれ」）者，是江户时代的国学家本居宣长（「本居宣長（もとおりのりなが）」）。他在《〈源氏物语〉玉小栉》一文中，指出了“哀”所体现的种种感动，并将“哀”推向一个更高的层次，即“物哀”。若从认知语言学角度来考虑，“物哀”中的“物”是认识感知的客观对象，而“哀”则是认识感知的感情主体。故“物哀”是两者互相吻合一致时，产生的细腻、沉静、和谐的美感。细细咀嚼《源氏物语》，我们不难体会到“物哀”具有以下几个特点。

首先，本居宣长认为文学的本意是传达人情的真实，以感动人心，让人产生共鸣。在《紫文要领》（『紫文要領（しぶんようりょう）』）中，他写道：

> （文学）本意是为了让读者深有所感。所谓有所感，俗话就是心中骤有所悟，对所见所闻感到有趣、可笑、可喜、可怕、稀奇、可憎、可厌、可哀而动心的，都是有所感。那么对于事物，善的就是善的，恶的就是恶的，悲的就感到悲，哀的就感到哀，懂得体味这些事物，就叫做知物哀，叫做知物之心，叫做知事之心。①

他认为应该将所见所闻，以及实际经历、心中所想、世间的喜怒哀乐、善恶美丑都写出来，让人去理解它们，这就是文学的本质。而《源氏物语》正是在这样一种创作理念中诞生的。

其次，他主张尊重人性中情的因素，尤其是人情的真实性，认为文学应该如实地传达人心的真实，以是否顺乎人情的真实作为善恶的基准。他在《〈源氏物语〉玉小栉》中问物语中人情与行为的善是什么。一般来说，是知物哀。以有人情、顺乎世态人情者为善；以不知物哀、寡情，不顺乎世态人情者为恶。

---

① ［日］本居宣长．日本物哀［M］．王向远译．长春：吉林出版集团有限责任公司，2010：14．

而紫式部的《源氏物语》，写出了世上所有的善事、恶事、稀奇的事、高兴的事、有趣的事，写出了各式各样的人生世相。对世上存在的、见闻过的事物，曾经引起过作者深深的感动，紫式部产生将它描写出来的欲望，所以就通过虚构人物、事件，让作品中的人物去想，去说，以此表现作者内心所想所感。总之，无论善恶，明晰地表现了人心底里的真实情感，把人情中的细腻之处都写了出来。

再次，本居宣长认为在深深令人感动这点上，没有什么能胜过恋爱。如果要读者知“物哀”，不写恋爱之事的话，就难以表现出人情的细腻。他认为紫式部在《源氏物语》中，极其深刻地描写了恋爱的“物哀”，意图就是为了让人知“物哀”。

《源氏物语》的“物哀”主要是通过两个方面来体现的：一是故事情节的构成本身充满着“物哀”的氛围，二是行文中以和歌烘托的情绪。至于前者，大凡读过《源氏物语》者，都能从紫式部的字里行间体会到哀婉美艳的悲叹。其审美观一言以蔽之，就是崇尚“天人相与”“天地与我同根，万物与我一体”，把人向自然主体的复归和超越视为精神之极境。在平安时代人的内心深处，季节流动感与人生无常感是同形对应的。说不清是“心”投射于“物”，还是“物”反射于“心”，重要的是“物”“心”之间双向互动时，会产生一个无限自由的空间，在这个空间中，人们可以进行不受世俗制约的审美畅想。但由于生活环境与文化层次的差别，审美的高度亦不同，一般层次的审美活动只能满足于“情景交流”，而高层次的审美则能升华到“物我两忘”的境界。需要指出的是，平安时代往生净土、生死轮回的佛教思想极为流行，这使得人们的审美情绪向“感伤”与“怜惜”的方向倾斜。“以物喻人，以人寄物”，感伤人的生死轮回，叹息物的凋枯繁茂。“无常”即美，而“无常”的发生过程，正是“悲剧”的日本式的表现形式。而后者，紫式部在《源氏物语》中，大量使用了兼具抒情与叙事两种截然不同的文学功能的和歌，她利用和歌的抒情特征，去表现人物发自内心的主观世界，抒发刹那间的欢乐、悲哀、苦痛与眷恋。

“物哀”是对《源氏物语》的创作理念与审美特质的高度浓缩。那么“物哀”仅仅是一种“感伤”情绪吗？就其表层而言，它表达的是对四时风物的感念，世事无常的喟叹，是心与形、主观与客观、自然与人生的契合，表现了一种优美而典雅的情趣，具有悲哀的意蕴。然而，其深层次上是与悲剧密切相关的，只是表现形态有别于其他民族。关于“物哀”与悲剧之间的相互关系，王向远曾在《“物哀”与〈源氏物语〉的审美理想》中有过精辟的阐述：“物哀”实质上是日本式悲剧的一种独特风格。它不像希腊那样有重大的社会主题、宏大的气魄、无限的力度和剧烈的矛盾冲突，它也不像中国悲剧那样充满浪漫的激情和伦理道德意识，而是弥漫着一种均匀的、淡淡的哀愁，贯穿着缠绵悱恻的抒情基调，从而体现了人生中的悲剧性。由于平安时期佛教盛行，作者紫式部也笃信佛教，这就使得悲剧性建立在了佛教悲观主义、虚无主义基础上。她努力表现“前生自业”“前世因缘”“因果报应”“生死轮回”等佛教观念。作品中的人物无一不是“苦”的化身，但又缺乏西方悲剧中对痛苦命运的那种壮烈的抗争，而是自认前世注定，无可奈何地消极承受。

综上所述，《源氏物语》的文学创作理念“物哀”，不仅仅体现在文学创作的层面，而是上升到形而上的层面，创造了日本“物哀美”的文化传统，它表现的“物哀美”随着时间的推移而更趋于完善。正像川端康成曾多次强调的那样，《源氏物语》的“物哀”，成了日本人审美意识的底流，融入了日本社会各个角落及各个艺术领域。

09 俊成、定家之趣
——「幽玄」与「有心」

中世时期，《新古今和歌集》（『新古今和歌集』）的诞生，在和歌创作领域掀起了一个高潮，乃至对以后日本文学的发展也产生了重大影响。这部根据后鸟羽上皇（「後鳥羽上皇」）之诏而选编的敕撰和歌集，从公元1201年起，历时12年才最终编撰完成。撰者以藤原定家（「藤原定家」）为首，包括源通具（「源通具」）、藤原家隆（「藤原家隆」）、藤原有家（「藤原有家」）、藤原雅经（「藤原雅経」）、寂莲（「寂蓮」）。收入歌数约1980首，分为春歌、夏歌、秋歌、冬歌、贺歌、哀伤歌、离别歌、羁旅歌、恋歌、杂歌、神祇歌、释教歌12种类，总共为20卷。《新古今和歌集》选歌的原则是“不分昔今”，歌人“不择贵贱高下”“无党无偏”，不论“神明之词，佛陀之作”皆选之。所收之作品以优美、纤细、象征为特色，这体现了中世文学“幽玄”与“有心”的文学理念。

“幽玄”（「幽玄」）一词本是汉语词汇，在我国主要用于佛教和道教。词源研究表明，“幽玄”最早被使用的例子出现在汉少帝的悲歌中，在之后的六朝和初唐的各种文献中并不少见。根据《日本国语大辞典》对这个词的解释，指代隐藏在事物中的、难以了解的神秘的境地。“幽”指模糊、深奥之意，“玄”指深远的道理。而“幽玄”成为评论诗歌的一种审美词，第一次是出现在《古今和歌集》的真名序中，主要表现深奥、神秘的意味。到了平安末期，“幽玄”的意义则发生了变化，比如，“如难波之什献天皇，富绪川之篇报太子，或事关神异，或兴入幽玄”，此处的“幽玄”具有“超俗、神秘”之意。因此，我们可以看出从《古今和歌集》开始，“幽玄”开始脱离宗教，向文艺领域发展。

分析平安末期、镰仓初期时“幽玄”的内在含义，就不得不提“余情”（「余情」）。“余情”作为和歌审美理念，初始于平安时代，指隐藏于和歌所表现的内容深处的美的情趣，即和歌所富含的余韵。平安中期的歌人藤原公任（「藤原公任」）在挑选秀歌时，重视的是“余情”，即和歌富含的余韵。而平安后期歌人藤原基俊（「藤原基俊」），则从“幽玄”“妖艳”（「艶」）、“壮美”（「たけたかし」）三个方面来考察和歌，在赛歌评语中多次提出“言隔凡流而入幽玄，实应为上科”“词虽拟古质体，义却似通幽玄之境”等，赋予“幽玄”深邃和悠远的“余情”意味，此时的“幽玄”便与“余情”开始接近了。藤原俊成（藤原俊成）将“余情”作为“幽玄”的重要组成部分，鸭长明（「鴨長明」）更是将“幽玄”当作“余情”。他们谈及的“余情”是言外之余韵，重视“余情”就是情调的象征性表现，因此，藤原俊成将“余情”作为其“幽玄”论的核心。

平安末期、镰仓初期正值贵族阶级式微、武士阶级登上历史舞台。此时政权交替频发，正值源赖朝（「源頼朝」）和平清盛（「平清盛」）之间权力争夺，战争多发，民不聊生，当时社会处于一个水深火热的状态之中。因此，主张无常观的佛教可以慰藉人们受伤的心灵，在中世得以盛行。而掌握文学主权的贵族阶级也因对世事不安定深感绝望，在他们的文学作品中体现了佛教思想。佛教对当时的歌学、歌论产生了深刻的影响，和歌就是其中的一个具体体现。藤原俊成（1114—1204）就生活在这样一个年代。作为镰仓初期的歌人，官至正三位，之后奉后白河院之命，在1187年编纂完成《千载集》（『千載集』）。他的另外一部有名的歌学著作是《古来风体抄》（『古来風体抄』）。该部歌学著作分为初撰本和再撰本，初撰本于建久八年（1197）完成，再撰本于建仁元年（1201）完成。一共分为上、下两卷，上卷叙述和歌的历史及摘录《万叶集》中的和歌，下卷主要摘录《古今和歌集》到《千载集》的七代敕撰集中的和歌。而藤原俊成对“幽玄”美的认识也与当时佛教的盛行有着密切的关系。他在《古来风体抄》的上卷中曾经分析

“幽玄”之审美意识源于佛教思想。

藤原俊成强调和歌表现的深奥内容与佛教的“深远奥妙，难以穷知”应该是紧密相连的。若查询相关资料，不难发现日语中的“幽玄”一词原本就与佛教用语关系密切。例如，《临济录》的“佛法幽玄”，最澄（「最澄」）《一心金刚戒体诀》的“得诸法幽玄之妙，证金刚不坏之身”，空海（「空海」）《般若心经秘键》的“释家虽多未钧此幽，独空毕竞理，义用最幽玄”等。在此，“幽玄”主要强调佛法的趣旨深奥。因为平安末期、镰仓初期特殊的战争环境，生活在此年代的人们将佛教的无常观作为日常的观念。藤原俊成根据当时的社会实际情况，总结前人对和歌理论的认识，综合了藤原基俊“幽玄”“妖艳”“壮美”三体，第一次把“幽玄”和心联系在一起，以感动的心作为基础，把“幽玄”美作为和歌的最高境界，建构了一个相对完整的和歌美学体系，既有人生论的意义，同时也讲到了和歌的审美价值，使之成了中世和歌美学的核心模式。以下这首和歌，便是藤原俊成自认为最理想的作品。

夕されば　野辺の秋風　身にしみて　鶉鳴くなり　深草の里

日暮鹑鸣深草里，
原野秋风寒入身。①

作品中出现的“深草”是地名，在京都市伏见区北部，古代和歌多以此地来吟咏鹌鹑、月亮。在秋风中鸣叫的鹌鹑，是被男人抛弃的深草女人的化身，再配上黄昏的原野，瑟瑟的秋风，让人顿生悲哀之情。作品虽然显得寂寥，却透出一丝丝宁静，含有艳、雅等复合美，荡漾着“幽玄”的余韵美。

藤原俊成的“幽玄”审美理念得到当时的另一位著名歌人西行（1118—1190）的推崇，西行是平安时代末期至镰仓时代初期的大歌人。生于官宦之家的西行，早早进入官场，后辞去鸟羽天皇的守卫长之职，出家修行。在和

① 彭恩华. 日本和歌史［M］. 上海：学林出版社，2004：272.

歌方面颇有成就的他曾受到顺德天皇、鸟羽天皇的高度评价："西行富有情趣，尤其心深而哀，能表现难以兼之情，十分难得。真乃天生之歌人。其歌一般人非能模仿，精妙难以言状。"① 作为一名僧人，西行注重佛教理念与和歌创作的结合，通过旅行所感深化自己的创作理念。虽然他没有很多关于"幽玄"的理论，但是在和歌的实际创作过程中运用了许多"幽玄"审美理念。

ゆくへなく　月(つき)に心(こころ)の　すみすみて　果(はた)はいかにか　ならんとすらん

心随明月行，心如明月澄。

心月融一体，此心终迷惘。②

此歌中西行将"月"与"心"联系在一起，用心去观察月亮，月亮代表着大自然，心象征着人的生命，此歌将"月"与"心"结合，象征着人与自然和谐相处，人与自然融合为一体，是"幽玄"审美理念的具体体现。心灵会在与大自然的融合过程中，不知道方向，虚无缥缈，内心感到迷惘不安，正是静寂"幽玄"美的最高境界。西行的这种和歌风格也对元禄时代的松尾芭蕉的创作理念产生了深刻影响。

藤原定家（1162—1241）是藤原俊成之子，镰仓时期著名歌人，和歌理论家、学者、政治家。他自幼学习和歌，在和歌创作与和歌理论审美方面都深受其父影响，一生创作和歌多达3600多首。在《每月抄》（『毎月抄(まいげつしょう)』）中，藤原定家提出了和歌的基本之"姿"，即在和歌十体之中，以"幽玄体、会心体、丽体、有心体"这四种风体最为重要。同时他又提出："十体之中，谁都不如有心体能表达和歌的本意。"（さてもこの十体の中に、いずれも有心体にすぎて歌の本意と存ずる姿は侍ず）③

① 郑民钦. 和歌美学［M］. 银川：宁夏人民出版社，2008：117.

② 笔者译。

③ 笔者译。

藤原定家在其父“幽玄”的和歌审美理念的基础上进一步发展，提出“有心”的和歌审美理念，“有心”以妖艳美和哀寂美作为基调，这种既能表达和歌的内容和意义，又能表达作者思想灵魂的和歌理念，深受当时歌人喜爱。

見渡せば　花ももみじも　なかりけり　浦のとまやの　秋の夕暮れ

江浦茅舍秋夕佳，
纵无红叶也无花。①

这是藤原定家在《新古今和歌集》中的一首和歌，这首和歌写得最美的地方是将“茅屋”与“黄昏”联系在了一起。樱花与红叶在日本是一种美的象征，但是远眺海滨只见茅屋，可以看出当时作者内心是感到何等的悲凉。这首和歌同时能够唤起读者内心的悲哀和凄凉，可以说这首和歌就是“寂”的本质。

藤原定家主张和歌采用“本歌取”（「本歌取り」）的手法。“本歌取”近似于中国的“借典”，是新古今时期最受重视的和歌写作技巧。本歌就是原本的和歌，取就是拿来。简而言之，就是利用古典和歌的意境，或者原歌的部分词语进行和歌创作。

梅の花　にほひをうつす　袖の上に　軒もる月の　影ぞあらそふ

袖染梅花香，檐下映月光。
暗香弄树影，二者竞成趣。②

---

① 彭恩华. 日本和歌史［M］. 上海：学林出版社，2004：274.
② 笔者译。

这是藤原定家具有代表性的作品之一，这首和歌便采用了本歌取的手法。借用了在原业平和歌作为“古典”，来抒发自己所想。下面是其本歌：

月やあらぬ　春や昔の　春ならぬ　わが身ひとつは　もとの身にして

月非旧时月，春岂去年春。
万物皆迁化，不变唯我身。①

本歌要传达的意思是面对物是人非的场景，思念自己的恋人，感伤月夜朦胧，春天依旧，可是现在孤身一人来体会这景色。再看藤原定家所写，梅花染衣袖，檐下映月光，描写了极其妖艳之美的景色。乍一看只是单纯地描写梅花、月光等景色的交相辉映、争奇斗艳的场景，但是深究其背后的古典故事，在这首和歌背后还有被女子抛弃又难以忘情的充满矛盾心理的男子形象。和歌借托单纯的景象描写来抒发自己内心的想法，而且借用的景色正体现了其妖艳美的和歌理念。

藤原俊成在《古来风体抄》中提出的幽玄论，据他的解释，“幽玄”就是一种以寂静美为基调、由雄健、纤细、艳丽等复合而成的深奥的美。幽玄论的诞生不仅对中世美学理念，而且对近世的文学理念方面也产生了影响。“有心”是藤原定家在其父亲的“幽玄”的和歌审美理念的基础上的进一步发展，提出的重视余情、磨炼技巧、以妖艳美为主调的理念。在此标准上，藤原定家之后编撰完成《小仓百人一首》（『小倉百人一首』），至今仍然广为流传。无论是在和歌审美理念还是在和歌创作方面，藤原俊成和藤原定家都做出了巨大贡献，对和歌文学的发展起着不可替代的作用。

① 彭恩华. 日本和歌史［M］. 上海：学林出版社，2004：44.

10 《方丈记》《徒然草》之妙悟
——「無常観」

随着武士阶层的崛起，平安王朝贵族制度的瓦解，日本进入了动荡不安的镰仓幕府时代。然而新建立的幕府内部权力竞争激烈，战争不断，政权交替频繁，是极其动荡、不幸的时代。在这种社会环境中自然会产生与这个时代相对应的文学。中世的人们相信，只有能带来现世利益和未来幸福的宗教才能支撑着因不安定、混乱的社会而苦恼的心灵。所以，在社会体制的激变中，诞生了对隐遁生活感慨的隐遁文学。其中最具代表性的作品就是鸭长明的《方丈记》和吉田兼好的《徒然草》。

《方丈记》的作者鸭长明（1155？—1216）出身于京都下贺茂神社的神官家庭。他 19 岁时，父亲逝世，失去了父亲这一最有力的保护者，神官的晋升之路对于他来讲也随之关闭了，并且，这一年他又和妻子离了婚。30 多岁时，鸭长明离开祖母家后，一直过着失意的生活。因其对和歌有非凡之才，被后鸟羽上皇赏识，提拔为和歌所的寄人。但是之后受人陷害，无法继续晋升，仕途受阻。长年夙愿受挫的鸭长明，终于无法忍受，在 50 岁时（1204 年）出家，隐遁于洛北大原，之后在日野的外山建方丈庵，在此地完成了《方丈记》、歌论书《无名抄》、佛教说话集《发心集》。《方丈记》的名字来源于「ひろさはわづかに方丈、高さは七尺がころなり」这句说明草庵的话。

　また、養和の頃とか、久しくなりて覚えず。二年が間、世の中飢渇して、あさましきことはべりき。或いは春・夏日照り、或いは秋、大風・洪水など、良からぬことどもうち続きて、五穀悉くならず。夏植うる営みありて、秋刈り、冬收むるぞめきはなし。

> 那是养和年间的事吧——日子久了，记不准。两年间持续饥馑，世间发生了连想都不敢想的悲惨事儿。一年秋冬大风洪水袭来，不祥之事接踵而来，五谷颗粒无收，只是白白春耕夏种，却没有秋收冬藏的喜悦。①

《方丈记》即为鸭长明隐匿日野山时，回忆生平际遇、叙述天地巨变、感慨人生无常的随笔集。文体是流丽而简洁的和汉混合文体。鸭长明熟练运用和歌的表现手法，十分注意修辞的运用，巧妙地使用对句和比喻，而且不留雕琢的痕迹。鸭长明擅长音乐，所以《方丈记》的音调也极其平整。全书措辞佳美、浑然天成、结构巧妙，奠定了鸭长明日本中世隐士文学的鼻祖的崇高地位。

全书大致可以分为两个部分。前半部分从感慨世事多艰、人生虚幻出发，通过作者的耳闻目睹，描写了平安末期的“五大灾厄”：大火、旋风、地震、迁都、饥荒。1177 年的安元大火让朱雀门、大极殿、大学寮、民部省各处俱成灰烬；1180 年的治承旋风，致房屋倒塌，只剩断壁残垣；同年，统治者忽传令迁都福原，描写了“旧都既弃，新都又难于营建，人民颠沛流离，愁苦不堪，如置身浮云之中”② 这样人心动荡的场景；描写了 1181—1182 年养和年间的饥荒造成的惨绝人寰的景象；更描写了 1185 年的元历大地震“大地陷裂，水柱喷涌，巨岩粉碎落入山谷”③。借社会的苦难揭示出人世无常、生存不易的道理。在此恶劣的条件下，日本人自然产生了“生命无常”的思想，人们命如微露、祸福难料、内心挣扎苦闷，却又无可奈何，唯有将希望寄托在佛教的“空观”与因果宿命论中，以此寻求解脱。

后半部分笔锋一转，由社会现实转向了隐居生活和内心世界。以清雅的笔墨，记述了方丈庵中闲寂的生活，同时表达自己内心的矛盾与烦恼。到最后直率地袒露心扉，为能否安于清贫而自我深省。

---

① ［日］鸭长明，［日］吉田兼好．方丈记・徒然草［M］．李均洋译．石家庄：河北教育出版社，2002：10.

② ［日］鸭长明，［日］吉田兼好．方丈记・徒然草［M］．王新禧译．武汉：长江文艺出版社，2016：10.

③ ［日］鸭长明，［日］吉田兼好．方丈记・徒然草［M］．王新禧译．武汉：长江文艺出版社，2016：13.

《方丈记》的百年之后，即镰仓末期的元德二年（1330），《徒然草》出现了。作者吉田兼好（1283—1350）出身于神官家庭，之后伺奉后二条天皇，并在30岁出家。出家后在比睿山横川潜心修道，之后下山，过着遁世的生活。精通和汉古典和儒、佛、道家的思想，对歌学的造诣也颇深。家集中有《兼好法师集》，作为当时优秀的歌人，与顿阿（「頓阿」）、净弁（「浄弁」）、庆云（「慶雲」）一起被称为“和歌四大天王”。吉田兼好在闲居之时将自己自由思考的东西写下来，最终写成的就是《徒然草》。关于《徒然草》名字的由来：

> つれづれなるままに、日暮し、硯に向かひて、心にうつりゆくよしなしごとを、そこはかとなく書きつくれば、あやしうこそものぐるはしけれ。

> 徒然无味，终日面砚，把心猿意马无所由事，又不明是由地写下来，这就既怪又狂了。①

《徒然草》主要是根据社会问题、自然情趣、艺能观、说话、古来的习惯风俗等，从多方面、多角度地凝视物体的本质。与此同时，提出日常生活处世方式的建议，以及一些生活上需要注意的事项，是极具现实性的一本书。

> 世に従はん人は、先づ機嫌を知るべし。ついで悪しき事は人の耳にもさかひ、心にもたがひて、その事成らず。さやうの折節を心得べきなり。
>
> 但し、病をうけ、子うみ、死ぬる事のみ、機嫌をはからず、ついで悪しとて止む事なし。生・住・異・滅の移りかはる、実の大事は、たけき河のみなぎり流るるが如し。しばしもとどこほらず、

---

① ［日］鸭长明，［日］吉田兼好. 方丈记·徒然草［M］. 李均洋译. 石家庄：河北教育出版社，2002：31.

ただちに行ひゆくものなり。されば、真俗につけて、必ず果し遂げんと思はん事は、機嫌をいふべからず。とかくのもよひなく、足をふみとどむまじきなり。

（中略）

生・老・病・死の移り来る事、又これに過ぎたり。四季はなほ定まれるついであり。死期はついでを待たず。死は前よりしも来らず、かねて後に迫れり。人皆死ある事を知りて、待つこと、しかも急ならざるに、覚えずして来る。

要顺从世俗行事的人，首先应识时机。不合时宜的事情，逆人耳，违人心，办不成。因此，必须用心体会时机。然而，惟有生病、生子、死亡的事情不考虑时机，也不能因时机不好而中止。“生”“住”“异”“灭”的移变这些实在而重大的事件，宛如迅猛涨满的河流，片刻也不停滞。只是一个劲儿地流去。所以，关于真谛和俗谛，在心想一定要实现的事情上，不能说时机的好坏，不能不做一定的准备，不能踏足不前。

（中略）

人间的生、老、病、死的移变比自然界有过之而无不及。不管怎么说，四季还有确定的时序，人的死期却不待什么时序。人的死不限于来自明明白白的眼前，而是在成为眼前的事实之前就已经在人看不见的背后迫近。①

用平易、简洁的仿古文体写成的《徒然草》，包含优美、崇高、健康、悲壮、滑稽、洒脱之美，是中世各种美的集大成者。虽然《徒然草》的内容包含儒、佛、神道等思想，但是并不是以傲慢的说教方式去说服读者。即使要说明某个道理也是敞开胸怀，亲近交谈，能够让人感受到温暖的人情味。所以读者会与吉田兼好进行心灵的交流，被他的话语吸引，从而自我反省、自

① ［日］鸭长明，［日］吉田兼好．方丈记・徒然草［M］．李均洋译．石家庄：河北教育出版社，2002：141．

我思考。

《方丈记》和《徒然草》两部作品同属于日本中世的隐士文学，在作品中都蕴含着对世事无常的感叹及信奉佛教的“无常观”，认为世事的不变只是暂时与相对的，变化无常才是永恒与绝对的。鸭长明在《方丈记》中引用自己亲身经历的天灾人祸的例子来表达对世事无常的无力感，而吉田兼好在《徒然草》这部作品中，前半部分以大自然和人类的生老病死来感叹世事无常，这一点与《方丈记》并无多大差异，但是后半部分却将无常观和生命的意义联系在了一起，提出了世事无常，但人应该在有限的时间里发挥各自生命的意义的思想。在《方丈记》中似乎流露出对世界的怨恨，有人生挫折感的投影，在《徒然草》中即使有对世俗的批判，读者也很难感受到人生的挫折。

11 《平家物语》之现世厌离
——「諸行無常」

日本的平安末期、镰仓初期，是以天皇为首的贵族政治向以将军为首的武家政治进行转变的时期，这一时期战争频繁发生。军记物语的代表作品《平家物语》（『平家物語』）就是这一时期的产物。《平家物语》大概成型于13世纪中期，最初是以“平曲”（「平曲」）的形式出现的。所谓的“平曲”，是说唱故事的一种形式，配合着琵琶的弹奏，按曲调吟唱的一种艺术形式。

全书以平家的兴衰为中心，描绘了治承（「治承」）、寿永（「寿永」）年代动乱的历史。物语中记述了以平清盛为核心的平氏一门的兴亡，反映了日本由奴隶制社会转向封建制社会的历史面貌。全书以佛教的“诸行无常”为基调，经琵琶艺人的说唱，得到相当广泛的流传。最初的《平家物语》只有三卷，后来增补成六卷，进而十二卷、二十卷、四十八卷。这部作品经过很多人修订和增补，异本很多，因此，关于作者，说法也不一。其中据吉田兼好的《徒然草》里记载，是由信浓前司行长所作，但是仍缺乏确凿的证据。现在流传最为广泛的应该是十二卷本加上灌顶卷。这部作品不是单纯地就史实来描写事件，而是巧妙地加以虚构，并运用了悲剧的素材，初具叙事诗的文学构想，也显露出新兴武士阶级“文武两道”的文化潜质。① 《平家物语》可以说是军记物语在艺术上的一次重要飞跃。全书贯彻了“诸行无常”（「諸行無常」）、“盛者必衰”（「盛者必衰」）等思想，充满了浓厚的佛教观念。这一点，从开篇的偈语就可以看出：

① 叶渭渠．日本文学大花园［M］．武汉：湖北教育出版社，2007：92-93．

祇園精舎の鐘の声、諸行無常の響あり。娑羅双樹の花の色、盛者必衰のことわりをあらわす。おごれる人も久しからず、ただ春の夜の夢のごとし。たけき者も遂にはほろびぬ、偏に風の前の塵に同じ。遠く異朝をとぶらへば、秦の趙高、漢の王莽、梁の周伊、唐の禄山、是等は皆旧主先皇の政にもしたがはず、楽しみをきはめ、諫をも思ひいれず、天下の乱れむ事をさとらずして、民間の愁ふる所をしらざっしかば、久しからずして、亡じにし者どもなり。近く本朝をうかがふに、承平の将門、天慶の純友、康和の義親、平治の信頼、此等はおごれる心もたけき事も、皆とりどりにこそありしかども、まぢかくは六波羅の入道前太政大臣平朝臣清盛公と申しし人の有様、伝へ承るこそ、心も詞も及ばれね。

祇园精舍钟声响，诉说世事本无常。沙罗双树花失色，盛者必衰若沧桑。骄奢主人不长久，好似春夜梦一场。强梁霸道终殄灭，恰如风前尘土扬。远察异国史实，秦之赵高，汉之王莽，梁之朱异，唐之安禄山，都因不守先王法度，穷极奢华，不听诤谏，不悟天下将乱的征兆，不恤民间的疾苦，所以不久就灭亡了。近观本朝事例，承平间的平将门，天庆年间的藤原纯友，康和年间的源义亲，平治年间的藤野信赖等，其骄奢之心，强梁之事，虽各有不同，至于象近世的六波罗入道前太政大臣平清盛公的所作所为，仅就传闻所知，实在是出乎意料，非言语所能形容的了。①

其中，第一句里的“祇园精舍”是佛教用语，「祇樹給孤独園」的缩略语。是由人称“给孤独”（「給孤独」）的须达（「須達」）长老在祇陀太子的花园为释迦牟尼建造的寺院，是佛教两大精舍之一。“诸行无常”是佛教的基

① ［日］信浓前司行长. 平家物语［M］. 周启明，申非译. 北京：人民文学出版社，1984：1-2.

本教理，三法印之一。是指因缘和合所造成的人世间的一切时刻都在变化，过去有的，现在有了变异；现在有的，未来也终将破灭。“诸行无常”出自佛教经典《涅槃经》（『涅槃経』）的“诸行无常，是生灭法。生灭灭已，寂灭为乐”。即生与死是相对的，有生就会有死，有死才会有生，之所以会有诸行无常，是因为有生与死的区别，若是没有了生死的区别，人们便也不会感到人生无常。而全书贯彻的“诸行无常”这个思想也正是当时战乱频频、祸福无常的体现。战乱时期人们都倾向于从宿命论里寻求安慰，这也是佛教思想能深入人心的原因。第二句提到的桫椤双树是佛教神圣而不可侵犯的象征，同时它也代表着对人生的大彻大悟与一种超然的境界。可以看出，带有很浓烈的佛教色彩。之后又列举了一系列史实，秦之赵高，汉之王莽，梁之朱异和唐之安禄山，他们都有一个共同特点，都有过一段非常繁荣昌盛的时期，而在他们最鼎盛的时候都不守先王法度，穷极奢华，不听诤谏，不恤民间的疾苦，所以导致他们不久就灭亡了。这段开篇语是整个故事发展历程的高度浓缩，同时又渗透了“诸行无常”“因果必报”的思想，让读者在一开始就可以猜到平氏一门盛极必衰的必然结局和主要人物的悲剧命运。

作品的前半卷描写了以平清盛为核心的平家一门的荣华鼎盛和骄奢霸道，后半卷着重描述了源平两大武士集团大战的经过，以及平家走向衰落、源氏崛起的故事。整部作品，作者没有花过多的笔墨描写平家的兴盛，而是更多地将笔墨着重于描写平家的没落与消亡的过程。

平清盛（「平清盛」）是平家的代表人物，平安末期的武将，平忠盛（「平忠盛」）的长子，平家一门繁荣昌盛的铸造者，是一位性格坚强、很有野心的人物。平清盛借保元、平治之乱压退了敌对势力源氏，从而确保了自己成为太政大臣。在将女儿德子（「徳子」）嫁给高仓天皇（「高倉天皇」）之后，成为外戚，独揽大权，建立起平氏政权。后因地方武士背叛，反平氏势力举兵而迁都福原，最终患病而死。平清盛一方面代表新兴的势力，在推动历史的变革中起到了很大的作用，但另一方面在变革获得成功后，他重蹈旧势力的老路，在政治和军事上实行专制，做出了很多背信弃义的事情。平家的子孙，极尽奢华，享尽荣华富贵，最终应了盛极必衰这个道理，走向了灭亡。

《平家物语》更多地描写了生活在战争年代的武士们的精神世界。这中间夹杂的爱恨喜悲等使这部作品的文学性得到了很大的升华。其中塑造了很多风雅武士形象，比如，平忠度（「平忠度（たいらのただのり）」）就是其中的一个风雅武士。平忠度是忠盛之子，清盛的末弟，擅长和歌。在都城陷落之时将自己的百余首和歌交托给了藤原俊成（「藤原俊成（ふじわらのとしなり）」），后在一谷之战中战死。死后别人在他的箭筒中发现了一首和歌：

ゆきくれて木（こ）のしたかげを　やどとせば　花（はな）やこよひの　主（あるじ）ならまし

旅途日且暮，投宿樱数下。
今宵东道主，原来是樱花。①

这是一首很有风雅之情的和歌。在战场上留下这样一首和歌，可以看出平忠度心中存有樱花，愿以樱花为伴。这里的樱花则恰好印证了开篇语提到的人世间的诸行无常。

《平家物语》将编年体与纪传体巧妙地结合起来，叙述了平氏一门的兴亡。书的前半卷以平清盛为中心，同时刻画了在性格上与之完全不同的重盛，将重盛的忠孝节义与清盛的骄横跋扈形成对比，其中还穿插描写了由于清盛等人的一系列骄横跋扈行为从而引起朝廷与武家对平氏的反感的情景。在书的后半卷，写木曾义仲（「木曾義仲（きそよしなか）」）进京，平氏遭遇流落，以及源、平交战和平氏一门彻底灭亡的经过。最后的《灌顶卷》（『灌頂巻（かんじょうのまき）』）写建礼门院（曾是集万般宠爱于一身的高仓天皇的中宫）最终出家隐遁，不久便孤独地辞世。

《平家物语》旨在揭示"诸行无常，盛者必衰"的佛家思想，其佛教色彩浓厚。在内容上，描写了当时的历史状况，思想上不仅局限于佛教思想，还涉及儒教思想、神祇信仰等。中世纪的"诸行无常，盛者必衰"也蕴含了佛

① ［日］信浓前司行长．平家物语［M］．周启明，申非译．北京：人民文学出版社，1984：373．

教的因果报应的思想。当时正处于内乱，生活在那个年代的人们不知道明天的生活会不会发生什么翻天覆地的变化，必定处于很迷惘的状态。战败者一定会从这个社会消失，但是即便是胜者，在《平家物语》中，作者也指出，他们的生活不可能是一直一帆风顺的，很可能后来会一落千丈，所谓的荣华富贵并不会持久，盛极必衰。

作者在书的最后总结平家的衰落时说道：

> これはただ入道相国、一天四海を掌に握つて、上は一人をも恐れず、下は万民をも顧みず、死罪、流刑思ふ様に行ひ、世をも人をも憚られざりしが致す所なり。父祖の罪業は子孫に報ふといふ事疑ひなしとぞ見えたりける。

> 这都是因为入道相国执掌四海八荒，上不怕天皇，下不顾万民。死罪流放，不畏世人。即使是父辈的罪行也一定会报在子孙身上。①

全书前后呼应，贯彻了“诸行无常，盛者必衰”这一思想。实际上，从宗教的角度来看，“诸行无常”也是与日本的审美意识紧密结合在一起的。人类生命的无常这一弱点将其升华后变成了一种美感，而依靠这一美感，也就可以消除人们对生命无常的恐惧。日本人超越了生与死，从而开拓了新的道路，亦即从审美角度来重新考虑生死，考虑人生的无常。

《平家物语》详尽地描写了平氏家族由兴盛走向衰落并最终走向灭亡的全过程。当时时局动荡，战乱频发，社会动荡不安，以平家的灭亡和源氏的胜利结束全书，这也体现了历史发展的进程和社会变革的必然趋势。作者无论是在描写故事还是在塑造人物形象上都始终体现了开篇的“诸行无常”这一主旨。作者通过“诸行无常”来引导人们寄希望于宗教。既然万事万物都变化多端，人生无常，那么不如从无常的人世中逃离，去祈求来世的极乐世界。《平家物语》的这一思想符合当时人们的心理，因此才得以广泛

① ［日］信浓前司行长．平家物语［M］．周启明，申非译．北京：人民文学出版社，1984：524.

流传。

《平家物语》被视作优秀的历史小说，辉煌的军记物语，堪称日本古典文学中的经典。这么多年来《平家物语》得到了广泛的流传，对后世产生了深远影响，被日本文学史家誉为“描绘时代本质的伟大民族画卷”，可以称得上是日本文学史上具有深远影响的古典文学作品。

12 国学的复兴与儒学的兴盛

——「国学」と「朱子学」

日本近世时期，中国因海上倭寇猖獗，明朝政府实行闭关锁国政策，加之丰臣秀吉发动朝鲜战争试图打开中国的大门，使两国关系陷入僵局，断绝邦交后便再无复交。在这种双向隔绝的状态下，一方面，中国对日本的影响渐弱，使得日本的学术界开始重新审视自我，民族意识渐强；另一方面，荷兰等国家的西方文化涌入日本，增强了日本的自我意识，使其不再甘于做中国的追随者，而试图摆脱中国文化的影响。日本的国学就是在对中世以来占据着统治地位的传统儒学的反抗的背景下产生的。虽然德川幕府将朱子学作为治世的根本理念，一时提升了对中国的崇拜之心，但是随着时间的流逝，日本的一些学者无法忍受这种外尊内卑的卑屈感，内心涌现出恢复上古时期纯粹的文学，也就是回归古道的自觉。

近世国学的复兴是从和歌领域开始的，和歌是日本独有的文学体裁，但是自中世以来，和歌渐受门阀限制，在这种背景下，下河边长流（「下河辺(しもこうべ)長流(ちょうりゅう)」）进行了和歌革新运动。下河边长流于宽永四年（1627）生于奈良县立田，师从木下长啸子，向其学习歌道。他所主张的和歌革新运动主要针对和歌创作上的门阀限制，为了突破这些限制，下河边长流致力于出版庶民和歌集。他认为，和歌这种文学体裁并不从属于某个阶层。他主张：和歌所述乃日本国民之所想，上至宫廷，下至陋室，不分人等，无论处所，皆可就其所见所闻，各抒心志。

下河边长流共编纂了两本庶民和歌集：《林叶累尘集》和《萍水和歌集》，给沉闷的江户歌坛注入了一股新风。晚年时期，下河边长流对《万叶集》进行重新注释，并着手对《万叶集》的基础性研究。正是下河边长流等人开展的和歌革新运动，人们开始重视中世以来对和歌的注释，将目光转移到和歌的原点——《万叶集》。下河边长流的学生契冲（1640—1701），继承了他的研究，完成了《万叶代匠记》（『万葉代匠記』），成为日本国学最早的奠基人，为日本国学研究做出了巨大贡献。

日本国学的代表人物，即被后世称为“国学四大人”的荷田春满、贺茂真渊、本居宣长、平田笃胤，他们以实证研究的方法研究上古时期的文献，阐述日本古代的精神。其中“国学四大人”之首是荷田春满（「荷田春滿」），1699年，他出身于一个神官家庭。在荷田春满献给幕府的《创学校启文》中，多多少少可以窥见他的学问观：古语不通则古义不明，古义不明则古学不复。

荷田春满非常重视对古语的语句解释，认为里面包含着古代的各个领域，并把它作为古学的一个根本条件，来确立古学的意识，在此基础上阐明日本古代的精神。他的一大贡献是他第一次提出了具有近世意义的“国学”概念。具有近世意义的“国学”概念大致可以从三个方面划分：国学研究的范围是神道、和歌和典章制度；国学研究的方法是重视实证；国学的研究目的是阐明日本的古道精神。

荷田春满的门人众多，其中最为出色的一位是贺茂真渊（「賀茂真淵」）。贺茂真渊出生于1697年，静冈县滨松附近的冈部村的一个神官家庭。贺茂真渊结合契冲的实证主义的研究方法和荷田春满的古道精神的探求精神，树立了独树一帜的国学理念。他致力于研究《古事记》、祝词、《万叶集》等，并留下了《万叶考》《祝词考》等诸多注释和作品。贺茂真渊的学问的重点在于对古道的理解和再现，并且他涉猎于神道、歌学、语学等诸多方面。他用「まこと」「しらべ」「ますらをぶり」来解释《万叶集》的歌风，赞叹作品中和歌的真实和自然美，拒绝《古今和歌集》后充满技能性的歌风。总而言之，贺茂真渊的学说具有排外的思想，虽然有一定的偏见，但是要比荷田春满的学说更有系统性。

贺茂真渊门下也是人才辈出，本居宣长（「本居宣長」）就是其中最为出色的一位。本居宣长于享保十五年（1730）生于伊势国松坂，也是“国学四大人”之一，是日本国学的集大成者。他在国学方面取得的成就可以说是前无古人，后无来者。他所主张的学说，主要以“物哀论”和“古道论”为中心。关于“物哀论”，他在注释书《〈源氏物语〉玉小栉》的总论中做了阐述，主张故事要从故事本身的立场来分析，其根本意义在于“物哀”。

眼见之物、耳闻之言、所为之事，触之而深感于情，亦即物哀。俗世只谓悲哀，其实并非如此……情动于中皆为物哀；有趣之事、优美之事，都可以称为物哀……有趣之事、优美之事，感之浅，是为物哀；悲伤之事、怀恋之事，感之深，尤为物哀。①

本居宣长倡导的“物哀”强调自然的感情、“真心”（「まごころ」）、“真实”（「まこと」），排斥儒教和佛教的教理。他在晚年的时候将研究重心放在了古道方面，费尽心血完成了《古事记传》。他所提倡的古道，以神道为中心，宗教色彩非常浓厚。本居宣长除了深耕文学和神道领域外，在语言学、历史、经济方面也颇有成就。在歌论书方面，他有《石上私淑言》（『石上私淑言（いそのかみのささめごと）』），古道论方面有《直毘灵》（『直毘靈（なおびのみたま）』），随笔方面有《玉胜间》（『玉勝間（たまかつま）』）等诸多著作。比起贺茂真渊，本居宣长的学风更加成熟、精致，而且学界有观点认为，日本国学作为一门学问，本居宣长已经达到了最高点。

平田笃胤于安永五年（1766）出生于秋田的大和田家，是本居宣长的弟子。本居宣长逝世后，他的门人在各自的方向进行研究，其中本居春庭（「本居 春庭（もとおりはるにわ）」）、伴信友（「伴信友（ばんのぶとも）」）等继承了他的文献学实证研究方向，而平田笃胤继承的是古道精神、神道思想的追求方向。其中，平田笃胤取得了显著的成就，与荷田春满、贺茂真渊、本居宣长并称为“国学四大人”。虽然是在本居宣长去世之后才成为他的门人弟子，但是平田笃胤认为自己才是真正继承本居宣长正宗学统的人。在学问方面，他认为儒佛的道德精神皆来自古道，力推古道精神的实现。另一方面，平田笃胤并没有与本居宣长一样坚持文学的实证研究，而是脱离了文献基础，缺乏文学性和科学性，所以部分学者认为本居宣长和平田笃胤的国学存在明显区别，也有许多学者反对他的主张。但是同时，平田笃胤还是受到一些勤王志士的欢迎，成为当时的一

① 笔者译。

大势力。

日本进入江户时代后，作为儒学的一派——朱子学，也就是宋学，取代了在中世占据统治地位的佛教思想，成为约三百年幕府统治下思想界的主流学问，而且是当时文教政策的指导原理和国家统治的根本思想。由于国家的大力支持和推广，随着朱子学的普及，研究它的儒者也渐渐出现在历史舞台上，朱子学渗透到人们的思考方式、行动等各个方面。近世的通俗小说中所表达的劝善惩恶是儒学中道德的具体表现，儒者们也强调即便是和歌也必须遵守儒道。汉文学从某种意义上讲，就是儒者的文学。从室町中期开始就走下坡路的汉文学，因为政府将朱子学认定为官学，在近世又得到了发展。

德川幕府为什么要将朱子学定为官学？为什么江户时期汉文学得到了较大的发展？主要有以下几个方面的原因。首先，在中世思想界占据支配地位的佛教，因为僧徒的堕落，无论是在学问方面还是在思想方面都难以维护以前的权威。原本遵守学问传统的五山僧侣开始依附权势、追求名利，在进行诗文创作时也失去了往年的活力。所以在面对礼仪的颓废、风俗的破坏、人心的不安等时，即使要进行社会改造，也不会再对这些僧侣抱有期望。而且支配着中世时期的净土佛教主张的是对现世的否定，这一点是与相信人类力量、谋求现世幸福的近世和平社会相违背的。儒学是尊重人类的学问，是道德实践的学问。它所倡导的五伦、重视忠孝等，均成为构建良好封建秩序的一个支柱。所以握有实权的德川幕府大力推行儒学，以适应和平社会的需要，维护封建统治。其次，德川幕府为了培养人才，建立了中央大学，之后各藩开始兴建藩校。除此之外，民间也掀起了好学之风，寺子屋等私塾在各个地方建立，全国各地大兴学习儒学之风，为汉诗文坛注入活力。随着教育振兴运动的发展，书籍的需求量也增大。虽然日本当时实行闭关锁国的政策，但是中国的书籍还是大量传入日本。林罗山晚年的时候，想要阅读朱子学方面的书籍，基本都可以看到。而且日本国内的出版事业也得到较大发展，《孝经》《孟子》《孔子家语》等都相继出版。最后，因为进入和平年代，武艺立身已经不可行了，只有通过学问来积极出世。儒者可以自由地进行研究，同时，在文学方面发挥才能，取得成果，可以得到社会的尊重，所以在江户时期出现了大量的儒者。

在这种儒学发展的趋势中起到开拓作用的是藤原惺窝。藤原惺窝是藤原定家的第十二代孙，参议中纳言冷泉为纯的第三子，不久削发为僧进入相国寺。后来通过与朝鲜使者的交流，了解了中国学界的状况，他开始致力于程朱理学的研究。文禄二年（1593）他曾作为德川家康的侍讲，为其讲授《贞观政要》和《大学》，从那以后就一直致力于朱子学和阳明学的钻研。他的文学观即“文以载道”，在给林罗山的书简中也写到“道外无文，文外无道（道外に文無く、文外に道無し）”。在诗方面提倡唐宋诗词皆采纳，他反对“小巧浅露”。儒学作为一种外来思想文化，经历了一个从抑制到兴盛的过程，随着更加广泛的传播，儒学思想渐渐被日本大众所认同、接纳，对日本的社会思想也产生了重要的影响。在这一历史进程中，藤原惺窝发挥了不可或缺的作用，他为中国的儒学在日本的发展开辟了一条新的道路，也为儒学的本土化发展树立了一个新的起点。

藤原惺窝门下也出了许多优秀的弟子，其中的林罗山就是值得研究的一位。林罗山于天正十一年（1583）出生于京都，是江户初期的日本儒学者。他 23 岁开始服务于德川家康将军，参与教育和制度的规划。德川家康去世后，林罗山成为三代将军的侍讲。林罗山将朱子学作为唯一的教义，排斥其他任何教义，被誉为日本朱子学的开山之祖。林罗山虽然在藤原惺窝门下学习儒学，但是对于恩师的综合儒学论持反对意见，他在藤原惺窝去世后明确地站在朱熹的理气论的立场上。他的著作有《罗山诗文集》《本朝神社考》等百余种。林罗山以朱子学为标榜，所研究的范围也没有跨出这个范围一步。

林罗山为朱子学成为社会思想体系和幕府官学开辟了道路，而且他在建立教育机构方面也做出了巨大贡献，使得一些官员、武士有地方可以学习到朱子学。朱子学开始渐渐渗透到幕府政治当中，通过林家世世代代的努力，朱子学终于在日本众多儒学的派别当中，占据正统地位，甚至是作为官学而得以兴盛。

13 松尾芭蕉的艺术世界
——「さび」

松尾芭蕉（「松尾芭蕉」），伊贺上野人，本名藤七郎（「藤七郎」），又名宗房（「宗房」），别号桃青、坐兴庵、泊船堂等，是江户前期俳人，“蕉风”（「蕉風」）的开创者。松尾芭蕉受到其侍奉的藩主藤堂良忠（「藤堂良忠」）的影响，开始了俳谐的创作。之后又在北村季吟（「北村季吟」）的门下学习俳谐，他立志做一名俳句诗人，并且先后指导了许多弟子。松尾芭蕉一生进行了多次旅行，他在 51 岁的时候，病倒在大阪的旅店中。

在松尾芭蕉活跃的江户时代，“俳句”（「俳句」）一词还没有被使用，而是称为“俳谐”（「俳諧」）。狭义上的俳谐，是俳谐连歌（「俳諧連歌」）的简称。而广义上的俳谐，是俳句、连句、俳文等的总称，即称为“俳文学”。俳句是由五、七、五一共十七个假名构成的，是日本近古的主要诗歌形式，并且经过连歌演变而来。俳句原先是指俳谐的发句（即起始句），直到明治二十年（1887）正冈子规（「正岡子規」）将俳谐的发句作为一种新的诗歌形式独立出来，才开始使用“俳句”的说法。

日本的江户时代初期，社会安定，国内的农业、交通业、运输业等都得到了很大的发展。日本社会在学习中国的四书五经的同时，也在大力发展庶民教育，广设私塾。江户时代庶民文化繁荣，以松尾芭蕉为首的“俳人”（「俳人」），对俳句进行了一场革新运动。因为汉诗、和歌、连歌等无法表现的美学情趣，可以通过俳句表现出来，所以松尾芭蕉将俳句转换为表达自己内心生活的形式，并且创造出一种抒情诗般的俳谐美，确立了闲寂风雅的“蕉风”，将日本的俳句发展推进到一个登峰造极的境地。松尾芭蕉也因此被尊称为“俳圣”。

松尾芭蕉所追求的“风雅之诚”（「風雅の誠」）来源于他对大自然的热爱。他努力把自己的所感所想，通过笔端真实地抒发出来，并升华为艺术的真实。他在旅途中接触了很多普通百姓，对庶民的生活有所了解，于是他把自己亲眼所见的真实的东西，用俳句表现了出来。之后在“风雅之诚”的基础上，松尾芭蕉又提出了“风雅之寂”，即“闲寂”。这是因为松尾芭蕉在经历了生死离别之后，深刻感受到了生命的无常，他将禅宗的思想与俳句相结合，因此，他所提倡的“闲寂”既具有风雅的一面，同时又蕴含禅寂的一面。即“闲寂”不仅包含了孤寂与虚空，也包含了简朴、淡泊和清贫。在松尾芭蕉创作的众多俳句中，《古池》（『古池』）应该是最能体现“闲寂”这一审美理念的俳句了。

古池や　蛙飛び込む　水音

寂寂闻水声，蛙跃古池内。①

这首俳句语言精练，诗意深刻，勾起了读者的无限想象。从表面来看似乎是将古池、青蛙、入水声这几个意象进行简单的罗列，实际上并非如此。用“古池”二字表现出了无比的寂静。突然一只青蛙跳入池水中，跳的这个动作加上溅起的水声顿时打破了原先安静的世界，但同时也衬托得古池更加寂静。水声过后，古池的水面又恢复了之前的宁静。这首俳句将动与静完美地结合在一起，动中有静，静中有动。松尾芭蕉将禅与俳句完美结合，以小见大，透过俳句亦能悟出禅机。内含一种“回归造化”的玄机。这种将动态与静态巧妙结合的写作手法让人联想到盛唐诗人王维，王维是山水田园派的代表诗人，同时也是善于将动静结合起来创作的高手。例如，王维的《鸟鸣涧》中这样写道：“人闲桂花落，夜静春山空。月出惊山鸟，时鸣春涧中。”作者笔下的“桂花落”“月出”“鸟鸣”等动态景象衬托出了“人闲”“山空”

① 笔者译。

“春涧”的静态美。因此，松尾芭蕉的《古池》与王维的《鸟鸣涧》有着异曲同工之妙。从这里也可以看出松尾芭蕉对中国的唐诗宋词的受容。“古池”也反映出了松尾芭蕉的自然观。日本长期处于农耕社会，祖先代代与自然共生，人与自然融为一体。松尾芭蕉不仅仅是单纯地观察大自然的外在景物，更是将自己的内心与自然融为了一体，从而达到自然与自我的一体化。他的根本精神“闲寂”（「さび」），并不仅仅是指寂寞、寂静之意，而是沉浸在静寂中，并超越寂静，达到一种朴素娴雅的艺术美感。松尾芭蕉对周围的事物非常敏感，尤其是春、夏、秋、冬四季的变化，他对自然的细微变化有自己独特的观察，因此才会做出「古池(ふるいけ)や蛙(かわず)飛(と)び込(こ)む水(みず)の音(おと)」这样的俳句。不同的人读了之后也可能会有不同的感受。乐观的人看到“古池”可能会联想到生机勃勃的场面；悲观的人看到“古池”二字可能会感到更加孤寂。正因为留给了人们无限的想象空间，《古池》才能保持永久的魅力。

閑(しず)かさや　岩(いわ)にしみ入(い)る　蝉(せみ)の声(こえ)

山林幽静中，
蝉鸣渗岩石。①

这首俳句是松尾芭蕉在奥州小道的旅途中，经过山形县的立石寺（「立石寺(りっしゃくじ)」）所作，表现了他的自然观。他通过蝉的叫声来突出寺院的寂静。与《古池》相似，都是动中有静，静中有动，在动静结合中阐述禅机。松尾芭蕉当时正在游览寂静的寺庙，其内心肯定是处于一种很平静安详的状态，突然一声蝉鸣，打破了这寂静。这一蝉鸣衬托了立石寺的寂静，也更加显露出身处寺庙时内心的闲寂。松尾芭蕉通过蝉鸣这一动态来表现闲寂的精神世界。

松尾芭蕉出身贫寒，一生尝尽艰辛，在寂寞孤独的旅途中目睹了普通广大民众的艰苦生活，旅途的经历使他潜心观察身边的自然世界，并且意识到现实是多么的残酷，在残酷的现实面前人又是那样的无能为力，人生充满了

① 笔者译。

悲哀与凄惨。禅宗的思想及茶道所追求的“空寂”等因素都在一定程度上影响到了松尾芭蕉的“闲寂”。

松尾芭蕉常年在旅途中奔波，旅行对他始终有着无穷的魅力。元禄二年(1689)，他与弟子河合曾良（「かわいそら」）从江户出发，游历关东、奥羽、北陆、日光、福井等地，最后抵达大垣。之后松尾芭蕉将他的这段旅途经历写成了《奥州小道》(『奥の細道』)。《奥州小道》是日本文学史上屈指可数的纪行作品。以旅行经历为素材，但又不是拘泥于旅途的所见所闻，简单地罗列旅行的体验。

月日は百代の過客にして、行きかふ年も又旅人也。舟の上に生涯を浮かべ、馬の口とらえて老をむかふる者は、日々旅にして旅を栖とす。古人も多く旅に死せるあり。予もいずれの年よりか、片雲の風にさそはれて、さすらいの思ひやまず。……やや年も暮れ、春立てる霞の空に、白河の関越えんと、そぞろ神の物につきて心をくるはせ、道祖神のまねきにあひて取るもの手につかず。

日月是百代过客，年复一年亦为旅人。舟车生涯，老于路途之人，日日羁旅，四海为家。古人死于羁旅者众多。而我也不知道从何时起，心如随风飘荡的云彩，想要去旅行……冬去春来，抬头望着那雾霭，便会想越过那白河关，长期的漂游使人诗兴大发，近乎狂乱，道祖神邀我出行，令我心慌意乱。①

《奥州小道》的开篇可以说是松尾芭蕉对自己旅人生涯的总结。常年在旅途中奔波的松尾芭蕉，到了晚年时深化了“闲寂”思想，在书中着重描写了以“寂”为核心的思想，并讨论了人对自然的归属感。「日々旅にして旅を栖とす。」“日日羁旅，四海为家”体现了他对身世的感慨和对旅行的执着，

① 笔者译。

是一次精神之旅。松尾芭蕉认为旅行亦是修道，文学的创作亦要“回归造化”。正是在这次奥州旅途中，松尾芭蕉提出了“不易流行”（「不易流行」）这一新的文学思想。“不易流行”是松尾芭蕉俳论的核心。所谓“不易”，是指诗文生命中的永久性和不变性；“流行”是指随时代变化而变化的流动性。“不易”与“流行”看似矛盾相对，实则殊途同归，是辩证统一的，也是解决“诚”（「まこと」）与“闲寂”对立统一的问题。“不易流行”主张俳句的特性在于创新，只有追新而不断变化的流行性才是不易的真正本质。“不易流行”是松尾芭蕉对俳句理念的深入拓展，体现了他的敏锐洞察力。松尾芭蕉从根本上解决了俳句不断革新的理论问题。“风雅之诚”“风雅之寂”“不易流行”构成了松尾芭蕉俳论的三个方面。

松尾芭蕉一生几乎都在旅行中度过。正由于他有丰富的四处云游的经历，他才能够在大自然中感受艺术，在短暂的人生中追求艺术之道。加上日本中世传统文化及佛教的影响，我们可以看出在松尾芭蕉的“风雅之诚”里融入了佛教的“无常观”（「無常観」）思想及对时间的虚无缥缈的感叹。

松尾芭蕉的“闲寂”思想是对日本传统的“诚”“物哀”“幽玄”“空寂”等思想的继承与发展，捕捉自然物象的固有本质，并将此称作“本情”，从而达到风雅的目的；松尾芭蕉还吸收了中国庄子的返璞归真、天人合一的思想，以及佛教禅宗的思想，并以此为基础创作俳句。“闲寂”主要是指松尾芭蕉的俳谐所体现出来的风雅美。这种风雅美是指日本人审美意识中的自然之美，它摆脱了一切俗念，采取静观的态度面对世界万物，面对人生。风雅近于风流，但又不等同于风流。风雅泛指自然之美及对于艺术的感动，是对风花雪月等自然景物的感情。如此一来，“闲寂”就达到了风雅之美。松尾芭蕉将“闲寂”推向极致，使之成为俳谐的基本审美理念。

“空寂”审美理念与日本特有的地理环境、气候因素等密切相关。日本是一个岛国，山地多、平原少，自然景观小巧，没有那么壮观的自然景观；日本气候湿润，森林多，容易产生朦胧的景象，因此造就了日本人幽雅纤细的特征，他们愿意去追求小巧玲珑的东西，感情纤细细腻，对大自然有独特的感受性。

松尾芭蕉一生创作了数千首俳句，开拓了时代的新俳风——“蕉风”，并且将俳句发展到一个登峰造极的境地。“闲寂”作为一个审美概念，它体现了日本文学尤其是俳句创作的审美追求。松尾芭蕉的“闲寂”这一文学理念，是对中世文化所崇尚的“幽玄”“空寂”“有心”理论的继承与发展，并且对之后的日本文学、戏曲、茶道等各个领域都产生了广泛而深刻的影响。

14 享乐的文学

——「町人小説」

进入江户时代以后，町人文学也迅速得到普及。日本近世是小说创作的繁荣时期，相继诞生“假名草子”（「仮名草子」）、“浮世草子”（「浮世草子」）、“草双纸”（「草双紙」）、“读本”（「読本」）、“洒落本”（「洒落本」）、“人情本”（「人情本」）、“滑稽本”（「滑稽本」）等异彩纷呈的小说类型，这极大地丰富了庶民的文化生活。在这一时期，庶民文学的代表作有井原西鹤（「井原西鶴」）的浮世草子《好色一代男》（『好色一代男』）、上田秋成（「上田秋成」）的读本《雨月物语》（『雨月物語』）、式亭三马（「式亭三馬」）的《浮世澡堂》（『浮世風呂』）等。井原西鹤的《好色一代男》描写了享受现实的姿态，它对近世小说史乃至日本的小说史来说具有冲击性、革新性、划时代性的影响。这些种类繁多的小说不仅丰富了当时民众的生活，也使得文化得以庶民化。

“假名草子”是日本江户初期流行的一种用假名书写的小说类型。“假名草子”继承了中世“御伽草子”（「御伽草子」）的创作手法与特征，以启蒙、教育、娱乐等为主要目的，可以说是一种大众读物。由于它是用假名写的小说，通俗易懂，因此读者层极其广泛，再加之木板印刷技术的普及与发达，印刷成本又比较低，所以受到了广大读者的欢迎。同时它也起到了从“御伽草子”向“浮世草子”过渡的桥梁作用，被认为是文学史意义上近世小说的先驱。创作“假名草子”的是那些因为江户幕府的成立而失去工作的浪人、公家、僧侣等有较高文化素养的人。从“假名草子”在近世开始出现到“浮世草子”出现的大约80年，出现了一大批作品：《恨之介》（『恨之介』）、

《醒睡笑》（『醒睡笑』）、《竹斋》（『竹斎』）、《清水物语》（『清水物語』）、《二人比丘尼》（『二人比丘尼』）、《浮世物语》（『浮世物語』）、《伊曾保物语》（『伊曽保物語』）、《可笑记》（『可笑記』）等。《可笑记》以随笔的形式从浪人的立场出发，批判权力和世道。这也成为今后井原西鹤创作《新可笑记》（『新可笑記』）的素材。

"浮世草子"是由"假名草子"演化而来的一种文学形式。浮世与忧世相通，原为佛教用语，意为"无常之世""苦难之世"。到了近世之后，随着商业的发展，逐渐拥有经济实力的町人阶层开始追求现实生活中的享乐，"浮世"一词也派生出现代的、当世风、好色之意。所以"浮世草子"也可以看作日本"好色文学"的最初文学形式。"浮世草子"的代表作家是井原西鹤。井原西鹤原来作为谈林派俳谐的中心人物而活跃，但因其俳谐的表现力不足，在谈林派创始人西山宗因（「西山宗因」）逝世后，转而创作"浮世草子"。他的作品大致可分为 4 种题材，即"好色物"（「好色物」）、"武家物"（「武家物」）、"町人物"（「町人物」）、"杂话物"（「雑話物」）。他的第一部作品便是文学史上赫赫有名的《好色一代男》，模仿《源氏物语》描绘了一个叫世之介（「世之介」）的好色男的一生。这部作品的问世，标志着"浮世草子"文学的诞生。"好色物"中除了上述的《好色一代男》之外，还有《好色五人女》（『好色五人女』），"武家物"的作品则有《武道传来记》（『武道伝来記』）、《武家义理物语》（『武家義理物語』），"町人物"的代表作有《日本永代藏》（『日本永代蔵』）和《世间胸算用》（『世間胸算用』），"杂话物"有《西鹤诸国奇闻》（『西鶴諸国ばなし』）、《本朝二十不孝》（『本朝二十不孝』），等等。

桜も散るに嘆き、月は限りありて入佐山(いるさやま)、ここに但馬の国かねほる里の辺りに、浮世のことを外になして、色道(しきだう）はたつに寝ても覚えても夢介(ゆめすけ）と替名(かへな）よばれて、名古屋三左・加賀の八などと、七つ紋の菱にくみして身は酒にひたし、一条通り、夜更けて戻り橋、ある時は若衆出立、姿をかへて墨染の長袖、又は立髪かづら、化物が通るとは誠にこれぞし。(『好色一代男』冒頭)

樱花很快就要凋零，会成为人们感叹的题目。月亮普照大地之后，很快又没于山际。惟独男女之间的恋情绵绵无尽。且说此地，一提起月落就会想到入佐山所在的但马国，有位男子便出生在但马国一个有银矿的村落里，他置赖以生存的家业于不顾而前往京城，昼夜沉迷于女色与男色之道，妓院的人给他起了个绰号叫梦介。去京都游乐的梦介，与当时知名的风流男士名古屋的三左和加贺的阿八等人结为兄弟，因为他们同是和服上有七处菱形家徽的，所以身份相等。他们终日沉湎于酒色。看看夜深人静时他们途经一条通人工河大桥的路归来的样子吧：有时打扮成留有前发的青年男子模样；有时又改头换面，变成身着墨染僧衣的出家人；或者梳起颇具侠士风格的发髻，俨然成了豪侠义士。据说，自古以来此地便有鬼怪出没，然而，只有深夜途经此地的他们才是所谓的妖魔鬼怪。①

井原西鹤出身于大阪的一个生活富足的町人家庭，生活环境的熏陶使其对町人生活有着切身体验与深刻理解。因此他以一个真正的町人视角来观察无常世事、芸芸众生。更由于其文风大胆、坦率奔放，其笔下的人物特点鲜明，因此很好地反映了当时町人生活的风貌，并且对明治时期的作家尾崎红叶（「尾崎紅葉」）、幸田露伴（「幸田露伴」）等人也产生了很大的影响。基于井原西鹤在近世文学史上的巨大贡献，也有学者将他与松尾芭蕉（「松尾芭蕉」）和近松门左卫门（「近松門左衛門」）并称为“元禄三大文豪”。

草双纸盛行于江户中期到后期。它包括根据小说的表纸颜色而命名的赤本、黑本、青本、黄表纸等，以及后来出现的合卷。赤本、黑本、青本读者是儿童和妇女，讲述的是比较通俗易懂的民间故事，并且配有图画。黄表纸

① ［日］井原西鹤．好色一代男［M］．王启元，李正仑译．北京：中国电影出版社，2004：2．

本是面向儿童的读物，内容大多是英雄传说等。但在恋川春町（「恋川春町」）发表《金金先生荣华梦》（『金々先生栄花夢』）之后，读者逐渐变成了成年人。草双纸多以江户町人所喜爱的滑稽、讽刺为特色，之后山东京传（「山東京伝」）的《江户生艳气桦烧》（『江戸生艶気樺焼』）问世，标志着草双纸文学的创作进入了全盛时期。合卷是将多册合起来、具有强烈的警世训谕色彩的读物，内容多是复仇、怪物的故事。合卷从歌舞伎、净琉璃中收集素材，并且附上精美的插图。最初的合卷是由式亭三马创作的《雷太郎强恶物语》（『雷太郎強悪物語』），合卷被大量出版直到明治初期。

18 世纪中叶，“浮世草子”的创作开始式微，“读本”开始繁荣起来。读本是一种以文章为主的新体裁小说，分为前期读本和后期读本。前期读本主要是对我国小说的模仿。代表作家是上田秋成，代表作品有《雨月物语》和《春雨物语》（『春雨物語』）。《雨月物语》是一部短篇小说，由“白峰”“菊花之约”“浅茅之宿”等 9 篇小说组成，主要素材来自我国的怪异小说、日本的传说和谣曲等。后期读本的代表人物是山东京传和其门生曲亭马琴（「曲亭馬琴」）。山东京传创作了《忠臣水浒传》（『忠臣水滸伝』）、《樱姬全传曙草纸》（『桜姫全伝曙草紙』）。另一代表作家曲亭马琴的《南总里见八犬传》（『南総里見八犬伝』）被誉为日本版的《水浒传》。

18 世纪后叶，江户文坛出现了描写“游里”（风月场所）的通俗小说，文学上称之为“洒落本”。它大量描写了人情世故，尤其深谙寻花问柳场所的诸多习俗。“洒落本”作为浮世草子的“好色物”系列，最先是由田舍老人多田爷（「田舎老人多田爺」）创作的《游子方言》（『遊子方言』）确立了其样式。另一位代表作家是山东京传，创作了《通言总篱》（『通言総籬』）、《倾城买四十八手》（『傾城買四十八手』）等作品。但是因为洒落本扰乱了风俗，在 1790 年被禁止发行。虽然在 1792 年左右再次被允许发行，但是这时候的洒落本主要是心理描写的作品，更为接近“人情本”。

人情本在洒落本被禁止发行后，由描写风月场所的游戏变成描写情爱，进而描写对象也由风月场所转向艺妓和下町男女。人情本更为广泛地、写实地描绘了江户普通市民的日常生活、男女恋爱，尤其擅长描写恋爱的纠葛和风俗人情，常引得妇女泪水涟涟，所以初期也被称为“泣本”。代表作家是为永春水（「為永春水」），其作品大多是描写一个男子与两个或多个女子的恋爱故事。代表作《春色梅儿誉美》（『春色梅児誉美』）描写了美男子丹次郎（「丹次郎」）的恋爱纠葛，并且确立了人情本的内容和形式。

“滑稽本”是一种采用幽默、滑稽的形式描写庶民生活的通俗小说。创作时间主要集中于 19 世纪初期到幕末，主要代表作品有十返舍一九（「十返舎一九」）的《东海道中膝栗毛》（『東海道中膝栗毛』），其特色是幽默而又滑稽的会话，以及式亭三马的《浮世澡堂》和《浮世理发店》（『浮世床』）。“《浮世澡堂》是式亭三马的滑稽本代表作，也是滑稽本的巅峰之作。作者一反当时通俗文学的舞台多是青楼的做法，代之以封闭社会的庶民社交场所——澡堂；抛弃当时青楼这个特殊社会发生的故事，代之以庶民的习俗之事，并用‘戏作’的手法表现出来，寓教于乐。三马在《浮世澡堂》第一篇开卷就叙述了澡堂的概况，表明‘在澡堂里，神祇释教恋无常，都混杂在一起了’，接着描写了男澡堂早晨、中午和下午不同时段的入浴状况。第二篇‘早晨至中午的光景’和第三篇‘正月的女浴’，都是以女澡堂为舞台，通过江户女与大阪女之间、艺妓之间、少女之间、大娘之间、女佣之间的对话，调侃另一个世界的事。余下的第四篇，又回到男澡堂，时间已是‘秋天的光景’，从开头春暮、夏逝、秋来，体现了季节的变化，男客泡在浴池里转而谈起 7 月 15 日盂兰盆节舞蹈的事、越后大雪和雪女的事、商界吝惜人的事、化钱的事、作俳句的事，以及茶余饭后、吃喝玩乐等，事无巨细，无所不包，从各个侧面忠实地再现江户市井杂事和庶民多方位的生活情感。”①

式亭三马在《浮世澡堂》和《浮世理发店》这两部作品中，将人群聚集在澡堂和理发店的场景细致入微地描写了出来，虽然滑稽有趣，但是这种写实的手法缺少了创造性。他也尝试将庶民的日常会话尽可能忠实地记录下来，这种创作方式，对后世的“落语”（「落語」）等产生了巨大的影响。

---

① 叶渭渠. 日本文学大花园［M］. 武汉：湖北教育出版社，2007：120.

15 江户文学的核心理念
——「勧善懲悪」

从1603年德川家康在江户设立德川幕府到1867年的大政奉还，这段时期在日本历史上属于近世，称为“江户时代”。随着经济社会的不断发展，江户时代的日本社会开始出现双重势力，即掌握政治权力的武士统治阶层和掌握经济实力的町人阶层同时存在的局面。由于推行文治政策，百姓的教育水平得以提高，文化艺术呈现出一派繁荣景象。这一时期文学的主流是町人文学或曰庶民文学。随着经济实力的增强而迅速壮大起来的町人阶层急需能够反映自己生活的文字，于是纷纷开始了文学创作。加上当时实行的积极的财政政策，商业繁荣昌盛，自由享乐的气氛弥漫整个江户城。町人文学因其以反映当时的社会生活为主，内容浅显易懂，且大多图文并茂，故而受到一般市民的欢迎。町人文学的发展在进入江户时代中期以后，出现了多种各有特色的表现形式，例如黄表纸、洒落本、读本、滑稽本、人情本等。“黄表纸”是一种连环画册，类似我国曾经风靡一时的“小人书”，内容上则是一些夹杂着讽刺气息的通俗文学。“洒落本”则是描写妓院生活的诙谐小说，形式上与黄表纸类似。“读本”则相当于传奇小说，主要描写一些历史故事、神话传说等。

而在统治思想方面，中国宋朝的朱子学重视大义名分，严格规定了君臣之间、上下级之间的等级关系，因能起到规范和稳定社会秩序的作用，便受到了德川家康的大力推行。儒教朱子学发展成为新儒学，开始取代中世以来占主导地位的佛教，成为近世江户时代占统治地位的意识形态。在新儒学的支配下，幕府采取了极端的态度，完全否定了过去的文学论，从儒教的立场出发，重新解释劝惩的内涵，并下令取缔所有有伤风俗的情爱作品。到了近世后期，宽政改革给商业主义文学施加了巨大的压力，强化了以功利为目的的文学观，倡导以劝惩作为小说的价值观，从而大大地推动了惩恶扬善主义文学的发展。其中最具有代表性的是曲亭马琴的《南总里见八犬传》。

《南总里见八犬传》属于读本。读本是日本江户中期至后期流行于日本文坛的一种文学创作形式，相较于假名草子、双草子，是一种以文章为主的新体裁小说形式。18世纪中叶，我国的白话文小说，例如《西游记》《水浒传》《三国演义》等传播到日本后，颇受上方地域读者的欢迎，进而为其文人的读本创作提供了广阔的借鉴空间。而其中，曲亭马琴的《南总里见八犬传》也受到了《水浒传》一些因素的影响。

曲亭马琴（1767—1848），本姓泷泽，幼名仓藏，后来又改叫左七，19至20岁时改名为左五郎，曲亭马琴是其笔名，灵感来源于中国巴陵曲亭。曲亭马琴出身于江户的一个侍奉于旗本松平信成家的下等武士家庭，自幼便接受了武士方面的严格训练。同时，他热爱读书，且逐渐显露出文学才华。在他9岁时，父亲不幸去世，因而他被过继给其长兄左马太郎抚养，在侍奉的旗本松平家备受冷遇。在14岁的时候，曲亭马琴离开侍奉的主家，开始了流浪的生活。之后，在经历了母亲、哥哥相继去世的挫折之后，曲亭马琴改变了自己的处世态度，也下定决心结束此前多年的流浪生活。他在17岁的时候，以曲亭马琴的笔名在《东海藻》上发表了三首俳句。之后从医受挫，决定进行文学创作，并专注于儒学。24岁时师从山东京传，受其指导开始从事黄表纸的写作。同年，以京传门人大荣山人的名义，发表了处女作黄表纸《尽用而二分狂言》，但是这部作品并没有取得成功。之后，京传因创作洒落本犯禁而被处以拘留刑罚，他便继承师业，一心专注黄表纸创作，却皆无成就。

其后，曲亭马琴有志于摆脱戏作者的影响，从事更正规的文学创作。1804年，他创作了第一部读本《冰月奇缘》，并获得好评，之后他便义无反顾地从事读本创作。在其一生的创作生涯中，最著名的便是《南总里见八犬传》（下称《八犬传》）。《八犬传》全九辑98卷106册，曲亭马琴从48岁开始创作，直到75岁，从完稿到全部出版，总共花费了28年。晚年的曲亭马琴忍受着丧妻失子之痛，双目失明之苦，最后三四年不得不由本人口授，儿媳代笔，才完成了全部书稿。其间他也几次打算放弃创作，并发出了“年老目衰难执笔，教媳抄写苦何言”的感叹。可以说，这部鸿篇巨制承载着曲亭马琴毕生的经历和心血，其在日本大众文学史上，乃至世界大众文学史上，都有着无与伦比的地位。

《八犬传》以南总里见家盛衰兴亡史为题材，故事背景设定在日本战国时代、室町时代中期，主要舞台位于安房国，也就是今日的千叶县南端。里见义实战败之后，逃至安房，在孝吉的拥护之下，消灭了定包，并将定包之妾玉梓处以极刑。玉梓在被处以极刑之前诅咒里见的儿孙将入畜生道，变成犬类。在安房苦战景连时，里见对爱犬八房说，若能咬死敌人景连，就将女儿伏姬嫁给他。结果，八房果真咬死了景连。但里见食言了，极力反对将女儿嫁给八房。最终伏姬不顾父亲的反对，执意与八房一起出家。他们来到深山中的洞穴内，开始诵读《法华经》。里见派孝德去山里，企图招八房为婿，救出伏姬。孝德击毙了八房，伏姬为表忠贞，剖腹自尽，此时从腹中飞出一串108颗玉珠的念珠，散落地上的八颗大珠分别刻有“仁、义、礼、智、忠、信、孝、悌”八个字，成了八犬士出世之前兆。伏姬去世之后，各地陆续有姓氏中带“犬”字、身上长着牡丹形痣的年轻人出生，他们就是伏姬与八房之子，故事的主角——八犬士。他们分别成为体现儒教八德的勇士，但一开始都背负着一种与本身所持美德相违背的悲剧背景，被迫离开原本的生活，步上流浪之途。他们被宿命所引导，在遭遇各种场合后逐渐聚集，最后集结在里见义实的旗下，互相结义，帮助里见家复兴。在功成名就之后，这八位勇士与里见家的八位姬君成婚，子孙满堂。年老后，他们进入山中隐居，最后成仙，故事以大团圆结局。

曲亭马琴的《八犬传》主要是仿中国故事编成的，其目的是宣扬“劝恶扬善”和“因果报应”思想。整个故事虽然是以日本室町时代的真实历史环境作为背景，但在故事构成上借用了很多中国古代文学的素材，整体构思主要参照《水浒传》，部分取自《搜神记》《三国演义》《西游记》等故事。尤其是作者自始至终都以《水浒传》作为参照系。例如在《水浒传》中，天上108个魔星转生人世间成为108个豪杰，在《八犬传》中也出现了一条串着108颗玉珠的念珠，其中的八颗大珠飞散后转生成为里见义实的八名勇士。但曲亭马琴又认为《水浒传》的“劝惩过于隐晦，至今无善悟者，徒观其表，不过是强人之狭义”①。因此，他并没有效仿《水浒传》创作大比例的俗谈内容，

① ［日］曲亭馬琴．南総里見八犬伝十［M］．濱田啓介校．東京：新潮社，2004：255．

他反对文学单纯为了娱乐的思想，在创作思想上紧密联系武家统治思想，礼赞武士道以死守忠义的精神，与当时流行的“惩恶扬善主义”文学思潮相结合，完成了纯日本式的演义体小说，使得《八犬传》有日本《水浒传》之称。

曲亭马琴在《八犬传》第九卷说：“虽是愚蠢人的颓唐事，但愿以此惩恶扬善主义，教诲世间顽固之妇孺翁媪，盼能成为引导彼等渡迷津之一筏，始动笔戏墨也。”① 这里可以看出他创作小说的目的首先是“警己警人”，尤其是警醒妇孺。他认为虽然稗史无益于事，但是寓以惩恶扬善主义，妇幼读之也无害，而稗史可看之处，也在于惩恶扬善。他创作小说，必以惩恶扬善主义为宗旨，以警醒蒙昧。在曲亭马琴看来，劝惩是手段，目的是“警己警人”。

其次，惩恶扬善的核心是善，强调有善才有美，有善美则没有丑恶。他在《八犬传》中描绘了具有善、恶、美、丑的众多人物，通过因果报应来扬善抑恶，并在《八犬传》中将这种观念具体化，更有意识地突出宣扬儒佛的惩恶扬善主义和因果报应的思想。比如，“仁、义、礼、智、忠、信、孝、悌”作为善的内容，是八犬士的化身，即这八善是男性的主要美德。同时，曲亭马琴认为道德是文章的根本，文章是宣扬道德的工具，不能从儒教道德中独立出来，文学的最大目的就是宣扬朱子的惩恶扬善主义的道德观。他只承认文学娱乐和劝惩作用，而不承认文学本身的价值。

曲亭马琴的作品大都因循同一模式，即善与恶处在截然相反的对立面上，最后通过怪异奇幻的情节、因果报应等方式，善的一方取胜。“惩恶扬善”可谓曲亭马琴小说创作的核心思想。然而，他重视的是文学的道德教育功能，而忽视了文学的感情效果和审美功能，带有很强的功利性目的。明治维新以后，西方文学理念的书籍逐渐被翻译到日本国内，受其影响，日本开始抗拒惩恶扬善主义的文学思潮，呼唤人性和文学主题性的回归。其中，坪内逍遥提出“以真作为主义”的写实主义文学理念，对以曲亭马琴为代表的主张善为唯一的文学理念进行了批判，并创作了日本近代文学的第一部重要理论著作——《小说神髓》。他提倡小说应该排除脱离现实生活的思想，排除功利主义，认为小说最直接的目的在于娱乐人心，在给人以审美愉悦的同时，还能带来一些间接的裨益：第一，使人品格高尚；第二，对人劝奖惩诫；第三，

① ［日］曲亭馬琴．南総里見八犬伝十［M］．濱田啓介校．東京：新潮社，2004：258-259．

为正史补遗；第四，作文学之师表。切不可颠倒直接目的和间接裨益，否则就将使文学作品沦为道德教化的傀儡。

首先，惩恶扬善主义的文学理念受到时代的约束，没有正确处理好文学的教育、认识和审美三个功能的意义，过分夸大其教育功能作用；其次，无视文学本身的主体地位，没有把文学放在应有的地位，将文学视为无益的游戏，这就注定惩恶扬善主义文学将在历史发展的潮流中被新的文学理念所取代。但总体来说，惩恶扬善主义文学是在德川幕府大力推行朱子学的时代背景下应运而生的，它适应了江户时代封建统治阶层的需要，有利于保护德川幕府的统治，具有一定的时代意义。

16 近代文学理念之黎明

——「写実主義」

“写实主义”是日本学者从西方的“real”“realism”等翻译过来的汉字词汇，最初起源于19世纪法国的美术思潮，后波及欧洲各国。这一思潮表现在文学上，恩格斯给出的定义为“除了细节的真实外，还要真实地再现典型环境中的典型人物”①。写实主义排斥观念、想象的东西，主张用客观的态度如实地描写出现实。有关写实主义理论的书籍最早在明治初期便被翻译进了日本，影响了坪内逍遥、二叶亭四迷等人，给当时的日本文坛带来了很大的冲击，奠定了日本近代文学“写实”的基础。

19世纪中期，日本名义上的最高统治者是天皇，实际权力却掌握在世袭的幕府将军手里。为了维护自己的统治，江户幕府采取了闭关锁国的政策，使日本与外界基本处于隔绝状态。1868年，日本倒幕派推翻了统治日本数百年的幕府政权，建立了带有资本主义性质的以天皇为中心的明治政权。之后，明治天皇主张进行明治维新，提出了文明开化的口号，积极吸收西方先进科学技术及社会制度，试图急速推进日本的近代化。

与其他领域相比，明治初期20年期间的文学特征主要是在日本传统文学原有的基础上，逐渐渗透西方文学理念及要素，并日渐增强，最终孕育出带有西方文学特征的具有近代意义的日本文学。这一时期首先登场的是江户时期延续下来的戏作文学，作为一种通俗文学，其主要宣扬封建儒学的劝善惩恶，代表作有假名垣鲁文的《西洋道中膝栗毛》和《安愚乐锅》。其次是伴随着启蒙运动蓬勃发展的翻译文学，主要翻译欧洲小说及文艺理论。除了经典的文学作品翻译外，文艺理论方面还大量引进了西方近代文学理论。其中，

① 中共中央马克思恩格斯列宁斯大林著作编译局. 马克思恩格斯选集（第4卷）[M]. 北京：人民出版社，1995：683.

西欧写实主义的《维氏美学》，其“描写实事主义”的观点对坪内逍遥及其《小说神髓》的问世产生了极大的影响，由此开始，建立了写实主义文学理论的基础。翻译文学之后，由于民权运动的发展，政治小说一时盛行。虽缺乏文学上的价值，但改变了戏作文学一直以来具有的庸俗性，代表作有矢野龙溪的《经国美谈》、东海散士的《佳人之奇遇》等。

坪内逍遥是日本的文学理论家、剧作家、小说家、教育家和戏剧活动家，原名坪内雄藏。他于1859年出生于美浓国。父亲坪内平之进，曾任地方官。受其父母亲的影响，他从小便接受了严格的汉文学教育，11岁左右大量阅读读本、草双纸之类的江户戏作文学和俳谐。1883年，他毕业于东京大学政治经济学系，获得文学学士学位。

在东京大学学习期间，坪内逍遥开始倾心于英国文学，译过沃尔特·司各特等人的作品，同时也陆续接触到一些西方的文艺理论。这些理论中对坪内逍遥影响最大的，是江兆民翻译的《维氏美学》，在将日本传统的小说观与西方近代小说理论进行比较后，坪内逍遥开始对当时仍然十分盛行的劝善惩恶小说观进行反思。之后，他尝试着翻译了莎士比亚的《尤利乌斯·恺撒》，并在1885年发表了长篇文艺论文《小说神髓》。在这篇文章中，他首先提出反对近世文学劝善惩恶的文学理念，反对纯功利主义的文学观，明确提出小说是一种艺术形态，有其独立的价值，从而确立小说在艺术上的地位。同时他也强调了小说的主体性，反对小说为政治、宗教及伦理道德所服务。其次，他提倡写实主义技巧，认为小说首先应以描写人的真情实感为要旨，要如实地反映世态人情。小说家的任务就是淋漓尽致地描摹世态人情，如实地展现人类内心的善与恶等各种品质，而且对于人情不能停留在肤浅的表面描写上，要像心理学家一样穿透其骨髓，这样才能写出真正的小说。最后，在文体上，他主张在平安时代雅文体及戏作文学鄙俗文体之间进行折中，提倡雅俗折中体。

小説の首脳は人情なり。生態風俗これに次ぐ。人情とはいかなるものをいふや。曰く、人情とは人間の情慾にて、所謂百八煩悩是れなり。夫れ人間は情慾の動物なれば、いかなる賢人、善者なりとて、未だ情慾を有ぬは稀れなり。賢不肖の弁別なく、必ず情慾を抱けるものから、賢者の小人に異なる所以、善人の悪人に異なる所以は、一に道理の力を以て若しくは良心の力に頼りて情慾を抑へ制め、煩悩の犬ははらふに因るのみ。(中略) 此人情の奥を穿ちて、賢人，君子はさらなり、老若男女、善悪正邪の心の内幕をば洩らす所なく描きいだして周密精到、人情を灼然として見えしむるをわが小説家の務めとはするなり。

小说的主要目的是写人情，其实是写世态风俗。所谓的人情是何物？所谓的人情即人类的情欲，也就是所谓的108种烦恼。人既然是情欲的动物，那么不管是什么样的贤人、善人，很少有人没有情欲。并没有贤与不肖的区别，人皆有情欲。因此贤者之所以区别于小人，善人之所以区别于恶人，无非是由于利用道德的力量或凭借良心的力量来抑制情欲、排除烦恼的困扰而已。（中略）因此，揭示人情的内涵，不但揭示那些贤人君子的人情，而且巨细无遗地刻画出男女老幼的善恶邪正的内心世界，做到周密精细，使人情灼然可见，这正是我们小说家的职责。①

《小说神髓》于1885年出版，是日本现代文学中的一部重要理论著作。即使这本理论著作也有着“仅仅停留在现象的写实”之类的缺陷，但它拉开了日本近代文学的序幕，并打下了近代小说论的基础，其地位是不可忽视的。它倡导的写实主义小说观念决定了日本近代文坛的走向，开启了日本近代文坛写实主义文学的先河。之后，坪内逍遥以《小说神髓》中提出的写实主义的文学理念为依据进行实践，创作了长篇小说《当代书生气质》。但实际上，这部小说始终还是未能摆脱近世劝善惩恶的思想，同时作者一直采取旁观者的态度，没能深入地挖掘小说人物的内心世界。由此也可看出，坪内逍遥对所谓的写实主义本质上的把握仍然不够成熟，仅仅停留在现象的表面。而作为坪内逍遥后继者的二叶亭四迷，则在《小说神髓》的基础上，进一步完善了坪内逍遥提出的文学理念。

二叶亭四迷于1864年生于江户的武士家庭，本名长谷川辰之助，笔名二

① 笔者译。

叶亭四迷。从小主要接受儒教和武士教育的他，于1881年进入东京外语学院专攻俄语，并开始接触俄国文学作品和文学评论。他原本立志将来要当外交官，却因读《小说神髓》产生共鸣，为解决存在的疑问拜坪内逍遥为师。之后因才华出众受到坪内逍遥的赏识和鼓励，从而促成了他以文学为事业的决心。19世纪80年代末期，日本积极筹备海外扩张，文学在当时的社会上地位极低，所以当他父亲听说了他的决定后，极其愤怒地对他训斥道："见鬼去吧!"他便用这句话的谐音给自己取了"二叶亭四迷"这一笔名，想以此来表达自己对社会现实的不满和自嘲。由于长时间受俄国文学的熏陶和民主主义思想的洗礼，二叶亭四迷在俄国的文艺理论和坪内逍遥的文艺理论的基础上，创作了文学评论《小说总论》来丰富和发展《小说神髓》所提出的写实主义文学论。其一，提出了写实并不是单纯地再现表面的现象，而是以把握内部真实为目的。其二，主张小说创作的目的在于追求"在偶然的'形'中明白地写出'自然的意'"，强调小说要在表现社会各种现象中将直接感受到的"意"传达给别人，就有必要"摹写"。《小说总论》深化了坪内逍遥提出的写实主义理论，成为日本近代写实主义的理论核心。

> 凡そ形(フホーム)あれば茲に意(アイデア)あり。意は形に依って見われ形は意に依って存す。物の生存の上よりいわば、意あっての形、形あっての意なれば、孰を重とし孰を軽ともしがたからん。されど其持前の上よりいわば意こそ大切なれ。意は内に在ればこそ外に形われもするなれば、形なくとも尚在りなん。されど形は意なくして片時も存すべきものにあらず。

> 凡有形（现象）必有意（本质）。意通过形而表现，形通过意而存在。从事物的存在上来讲，是有意之形，还是有形之意，孰重孰轻，难以判断。但从根本来看，意才是最重要的。因为意存在于内里，当表现于外在时，纵然没有形，意依然存在。可是，形如果没有意，片刻也不能存在。①

① 笔者译。

在发表《小说总论》的第二年，二叶亭四迷便开始将此文学理论应用于实践，创作了长篇小说《浮云》。小说塑造了知识分子内海文三、文三的叔母阿政、堂妹阿势、前同事本田升等一系列个性鲜明、具有现实意义的人物形象。主人公内海文三告别了乡下的老母，独自一人来到东京，寄宿在叔父园田孙兵卫家。他生性正直敦厚，自小饱尝生活的艰辛和寄人篱下的痛苦，最终依靠自己的苦学力行，顺利完成学业，谋到了下级官吏一职，但后来因不善阿谀逢迎而被免职。叔母阿政刚开始还觉得内海文三颇有出息，意将比他小 5 岁的女儿阿势许配给他。而内海文三被免职后，阿政对他的态度顿时一落千丈，经常指桑骂槐，对他口出污言。阿势长得很俊俏，因自幼备受宠爱，性格上娇纵任性，曾接受过明治初期的资本主义新时代的教育。母亲对内海文三态度的转变，也使得她很快和内海文三的同僚本田升亲热起来。本田升是老于世故、擅于蝇营狗苟之人，行政改革中反倒官升一级，当上了科长。内海文三深爱阿势，苦恼万分，最后坚决离开了叔父家。《浮云》虽然是一部没有完成的作品，但作者细腻地刻画了人物的心理活动，犀利地披露了明治社会半封建官僚体制的统治及庸俗势利的世俗观念，批判了当时社会中单纯模仿西方社会的种种浅薄的所谓“文明开化”的现象，塑造了日本文学史上第一个不满现实却无力反抗的“多余人”的形象。同时，除了经典人物的刻画外，二叶亭四迷首次尝试将书面语和口头语结合起来，创造了以近代口语为基础的言文一致体，为近现代日本文学的创作提供了有利的条件。《浮云》熟练地运用了现实主义手法，准确、写实性地刻画了近代人物，并将其与制度批判很好地结合在一起，在当时社会上乃至整个近代文学史上均是一部极其难得的作品。这部小说也给以后的日本的文学创作和近代文学的发展带来了极大的影响，从而使二叶亭四迷成为日本近代文学的先驱者之一。

然而，由于西方文化提倡的是自由平等、个人民主，西方的近代文学也是在这样的思想基础上诞生的，而日本当时正处于天皇绝对权威的专制之下，近代人本主义精神受到极大的压制，社会还没有成熟到可以自如地接受西方民主思想，所以日本近代写实主义具有明显的软弱的性格特征，这也是之后日本近代文学的发展缺乏自我意识和批判精神的原因之一。但这部孤峰般的小说成为日本文学的典范，奠定了日本近代以来的文学的基本性格。从 19 世纪 90 年代称霸日本文坛专写“内面之真实”的自然主义到国民作家夏目漱石的作品中的人性剖析，以及日本近代以来独特的、经久不衰的以作家个人的日常生活为题材而创作的“私小说”，都在不同的方面体现了二叶亭四迷的《浮云》所开创的写实主义的独特特点。

坪内逍遥和二叶亭四迷倡导的写实主义的出现，标志着日本文学真正意义上进入了近代，是具有极其重要的跨时代意义的。

17 自由民权运动的号角
——「政治小説」

“政治小说”（「政治小説」）这个文学流派起源于西方。18 世纪末西方的大革命前期，“文学家们开始宣传政治思想。尤其是法兰西百科全书派作家的著作中，政治性的论说占据了重要内容。孟德斯鸠的《论法的精神》《波斯人信札》等把人们的注意力集中在政治问题和社会问题上。此后出现的伏尔泰、卢梭及狄德罗等掀起了所谓的启蒙主义文学运动。把他们的小说称为‘政治小说’应该是没有什么异议的。”① 明治十年（1877）前后，日本流行翻译小说。翻译小说和介绍西方的名著，把西方的启蒙思想传入日本，促进了日本明治时期政治小说的诞生。正如麻生矶次（「麻生磯次」）所提到的：“和翻译小说几乎同时兴起的还有政治小说，政治小说也是一种小说，其中交织着政治思想和政治见解。明治十年到明治二十年（1887）间，日本社会关于政治上的议论日盛，政治运动也风起云涌。一些进步人士倡导自由平等思想，掀起了开设国会的运动。”② 日本政治小说的兴起和此处所言的“政治运动”紧密相关，而当时最为激烈的“政治运动”就是“自由民权运动”③（「自由民権運動」）。

由于明治维新建立起的是绝对主义的专制政府，日本各个阶层几乎都有自己的不满。而自由民权运动点燃了日本全国性的体制变革运动。据柳田泉

① ［日］菊池寛. 文壇入門世界文学案内［M］. 東京：高須書房，1947：172. 笔者译.

② ［日］麻生矶次. ぼくらの日本文学［M］. 東京：東京堂，1950：194. 笔者译.

③ 明治七年（1874），板垣退助和后藤象二郎等人向政府提交请求设立民选议院的建议书，以此开始了浩浩荡荡的以开设国会、制定宪法、减轻地租、要求地方自治为核心内容的政治运动，史称“自由民权运动”。

的调查与研究，“自由民权运动”的领袖、时任自由党总理的板垣退助（「板垣退助」）在访问法国期间曾与法国大作家维克多·雨果会面，并就民权论交换了意见。席间，雨果基于日本的现实情况，提议应尽量利用报纸等宣传媒体，借以宣扬自由主义政论，这一点得到板垣退助的赞同。面对声势浩大的全国性的国民运动，天皇政府不得已颁布了亲民宪法，企图通过这样的举措来压制自由民权运动。与此同时，政府还采取了镇压和怀柔并举的政策，对言论、集会的压迫日益加深。那些曾经发表过政治批判言论的报纸一个个被禁止发行。随着事态的发展，报社主编甚至普通的职员都被关进了监狱。

在国家政治形势十分严峻的情况下，自由民权运动的机关报社社长西园寺公望（「西園寺公望」）被迫辞去社长职务，被日本宫内厅召回到天皇身边，发行了 34 期的民权运动机关刊物《东洋自由报》被迫停刊。自由民权运动的合法宣传渠道与启蒙活动变得越来越受到局限，必须尽快找到一种新的方式来打开僵局。因此，在明治十五年（1882）左右，被追赶到无路可走的自由民权运动选择了政治小说，把政治小说当作一种新式武器。政治小说这一文学概念随着一部部作品的出版逐渐形成。

在日本，“政治小说”这一文学概念主要指的是从明治十年中期到明治二十年初期流行的，且仅限于自由民权系列的一批政治性宣传文学。前期的政治小说以翻译雨果、大仲马的政治类题材小说为主，到了后期日本原创的政治小说日渐繁盛。

户田钦堂（「戸田欽堂」）的《情海波澜：民权演绎》（1880）被认为是日本的第一部政治小说。作为日本的第一部政治小说，它采取近代以来沿袭古通俗小说的戏剧性的讽喻形式，表达了对自由民权的要求，以及阐明国民、民权和国会的关系。《情海波澜：民权演绎》以后，另一部对日本社会影响比较深远的政治小说就是矢野龙溪（「矢野龍溪」）的《经国美谈》（『経国美談』）。该小说由前、后两编构成，以古代希腊各邦民主与政治斗争的历史为素材，为宣传自由民权思想而创作。前编发表于 1883 年，后编发表于 1884 年。在《经国美谈》前编的序中作者谈到创作过程和目的：

> 予于明治十五年春夏之交，卧疾兼旬，辗转床第，倦眼史册，独寐无聊，尝取和汉种种小说观之，诸书无著作之才，其所敷设，旨趋卑下，辄不满于人意。其后于枕上信手拈得一册记齐式勃兴之遗迹，其事奇特，甚可骇愕，曾不粉饰，乃尔悦人……而欲求详叙其当时颠末者，竟落落如晨星之可数。坐令一代伟事，终归淹没，模糊烟雨，吁可惜者，于是戏补其脱略，学小说家之体裁构思之。然予之意原在于记正史，不欲如寻常小说之妄加损益，变更事实，颠倒善恶，但于事实略加润色而已……读是书者，视为一切把玩之具可也。然刻是书之本体，岂非记正史事迹哉?①

小说以公元前 3 世纪希腊城邦民主和专制制度之间的斗争为背景，以齐武（忒拜）为中心舞台。前编叙述本来实行民政的齐武，由于专制党借助斯巴达的力量实行政变，变民主为专制。以巴比陀、威波能、玛留为首的志士们经过一番艰苦努力，在民主政体的阿善（雅典）的帮助下，终于恢复民政。后编叙述齐武志士们与当时称霸的斯巴达较量，通过内修外联，以一小邦战胜强大的斯巴达，从而成为希腊公认的盟主。

《经国美谈》的主题是确立民权，振兴国家。这也是自由民权运动的基本方针，矢野龙溪借用遥远的古代希腊历史，给当代日本人以政治性启示。虽然作者在“序”中声称严格忠实于历史事实，只是“于事实略加润色而已”，但实际上是通过作品中人物的议论，或者通过叙述事实的选择来表达作者的政治思想，从而达到启蒙的目的。例如小说中多次谈到国政改革：

> 盖行公战之改革，必合众多国人之势力而为之。合公理、顺民情，得众多国人之势力则胜；不合公理、不顺民情，不得众多国人之势力则败……是故若行公战之改革，则不仅有利于国人，则对于天下后世也是顺民之好。(经国美谈·前编·第十五回)②
>
> 大凡国政的改革，可以分为两种：一是因现政弊了，不得不改革的；一是自己凭定，有新奇思想，要在国政上试试的。若改革一国是因头一

① 新民社辑. 经国美谈［M］. 台北：文海出版社，1986：1.

② 新民社辑. 经国美谈［M］. 台北：文海出版社，1986：82-83.

种改革出来的，那国必有进步；依第二种改革出来的，那国必因此大乱。（经国美谈·后编·第六回）①

《经国美谈》在日本面世后，深受日本青年的欢迎，先后重印过数十版，成为当时以志士自诩的多数日本青年拥有的读物。据说，明治时期的知识青年们，不分白天黑夜，耽于阅读《经国美谈》，因此而损害视力。仅前编印刷稿税，就提供了作者游历欧美两年多的旅费，可见小说在当时受欢迎的程度。之后这部作品传到中国，1900 年 2 月至 1901 年 1 月，《经国美谈》的译文陆续刊登在《清议报》上。1902 年，广智书局出版了单行本，同年又有了商务印书馆的“说部丛书”本。《经国美谈》在中国的青年知识分子中间也反响热烈。胡适、邱菽园、蒋瑞藻、李伯元、郭沫若等人对这本书有过很高的评价。《经国美谈》之所以在日本和中国产生如此大的反响，山田敬三认为有三个原因：一是因为矢野龙溪的《经国美谈》发表于自由民权运动的鼎盛时期；二是作为一部文学作品，故事讲述得非常有趣；三是作者是政变中下野的政府高级官员和著名记者。著名的政治家执笔小说创作本身，就已经打破了传统的小说观念，打破了小说只是供“妇孺”消遣解闷的工具这一认识。②

政治小说在日本近代文学史上被认为是新文学的曙光。③ 它在传播民主思想、介绍西方新思潮方面做出了很大的贡献，其发挥的启蒙作用广受大家认可。政治小说所采用的传统“戏作文学”的形式中蕴含着民权、立宪等新思想，从这点来看，它既是传统文学向近代文学转换的过渡，又是近代文学的启蒙。昭和初年的无产阶级运动也从政治小说中汲取智慧和营养，有人甚至把政治小说作为“革命进军的喇叭”。政治和文学的关系，在日本文学界一直是一个争论不休的话题。这既是由政治小说这一文学概念的模糊性和广义性所致，又是文学和社会关系紧密相连的表征。

---

① 新民社辑. 经国美谈［M］. 台北：文海出版社，1986：135.

② ［日］山田敬三. 鲁迅无意识的存在主义［M］. 秦刚译. 北京：北京大学出版社，2012：62.

③ 侯冬梅. 政治小说在日本近代文学史中的地位考察［J］. 外国语文研究，2016（6）：53.

18 写实主义的脱胎

——「ロマン主義」

18 世纪末至 19 世纪中期，欧洲经历了数次革命与战乱。社会的黑暗和不平等使人们对启蒙思想家勾勒的“理性王国”失去了期望，转而将目光投向了自我解放和个人幸福上。这种社会情绪反映在文学创作上，便形成了浪漫主义文学。明治维新以后，大量西方思想接连不断地涌入日本，使日本文坛出现百花齐放的特点。大约在明治中期（1890 年左右），以坪内逍遥（「坪内逍遥」）的《小说神髓》（『小説神髄』）和二叶亭四迷（「二葉亭四迷」）的《浮云》（『浮雲』）所代表的“写实主义”（「写実主義」）遭到当局压制后，一群青年作家在西洋文化的刺激下，试图在半封建社会中追求自我的确立和解放，追寻与以往截然不同的文学世界，于是掀起了明治浪漫主义文学的高潮。

1890 年，森鸥外发表了《舞姬》（『舞姫』），揭开了日本浪漫主义文学的序幕。但是真正使日本浪漫主义文学发展起来的是以北村透谷（「北村透谷」）、岛崎藤村（「島崎藤村」）、与谢野晶子（「与謝野晶子」）、樋口一叶为代表的浪漫主义文学流派，他们以《文学界》（『文学界』）为主要活动据点，发表了大量的浪漫主义文学作品。

北村透谷，本名北村门太郎，日本的诗人、评论家，1868 年出生于神奈川县。他少年时代深受自由与民权运动的影响。为了接触更多的西方思想，他开始学习英语，1883 年又到东京专门学校（现在的早稻田大学）政治系学习，并积极参加了自由民权运动。自由民权运动的变质及险些入狱的经历，使他逐渐脱离了政治运动，他决心通过文学来实现自己的自由民权理想。于是，他与一些志同道合的朋友，共同办了杂志《文学界》。1889 年，他受英国浪漫派诗人拜伦的影响，自费出版了最早的自由体浪漫主义长诗《楚囚之诗》（『楚囚の詩』）。这首诗描写了被捕入狱的政治犯在狱中苦闷的心情，反映了他们反抗社会的不屈精神，以及渴望得到自由的强烈愿望。他还发表了阐述自由主义恋爱观的评论《厌世诗人与女性》（『厭世詩家と女性』），文中提出恋爱是人生最重要的组成部分，如果不恋爱，人生就变得毫无意义的观点。这种“恋爱至上”的想法，在当时的日本社会是相当激进的。之后，他陆续写了《何谓干预人生》（『人生に相渉るとは何の謂ぞ』）、《内部生命论》（『内部生命論』）等文章，主张人性的自由解放，提倡纯洁而高尚的爱情，挑战封建伦理道德观念，彻底地批判了旧文学，为日本的早期浪漫主义文学打下了理论基础。但是，在当时的社会，他提出的许多观点不被人们理解，这使他感到孤独，而且理想的恋爱和现实的婚姻之间的巨大反差，更是让他无法接受。于是，这位优秀的作家于 1894 年的某个夜晚，在自家院子里的树上自缢而死，年仅 25 岁。

与北村透谷一同创办《文学界》的同仁中，浪漫主义文学的另一个代表人物是岛崎藤村。岛崎藤村原名春树，1872 年出生于长野县马笼村，是家中最小的孩子。他父亲曾是地方官，很早就教育子女学习《孝经》《论语》等典籍。尽管成长于这样的传统家庭，但岛崎藤村来到东京后开始学习英语，接触莎士比亚戏剧等欧美文化，他的自由主义意识自此开始萌芽。从学校毕业后，岛崎藤村到明治女子学校任教，由于爱上了女学生佐藤辅子，他不断地自责。因为经不住这种内心的煎熬，他辞职前往关西流浪了近十个月。当他再次回到东京后，结识了北村透谷，以此为契机迷恋上了西方的浪漫主义文学思想。但是，就在这关键时刻，他经历了一系列的不幸。日本浪漫主义文学的先驱北村透谷自杀，他心爱的女人辅子去世……可就在这样的情形下，岛崎藤村忍住了内心的悲痛，发表了生平第一部诗集《嫩菜集》（『若菜集』）。这部诗集以欧洲浪漫主义诗歌的情调，辅以传统的七五调，吟颂了恋爱的苦恼和对故乡的思念，字里行间，充满了青春的气息和对自由的期盼，反映了日本近代青年对旧有道德的反对和对追求自由的强烈主张。

《嫩菜集》共收录了51篇作品，其中一篇为《初恋》（『初恋（はつこい）』），体现了岛崎藤村充满青春而又苦涩的爱恋之情。以下为《初恋》的第一段：

初恋（はつこい）

まだあげ初（そ）めし前髪（まへがみ）の
林檎（りんご）のもとに見（み）えしとき
前（まえ）にさしたる花櫛（はなぐし）の
花（はな）ある君（きみ）と思（おも）ひけり

初恋

在苹果树下，
曾见貌如花，
前发刚束起，
玉梳头上插。①

《嫩菜集》是日本新诗划时代的作品，是日本近代文学青春期的里程碑。正因为这部作品，岛崎藤村被誉为日本的“现代诗之父”，成为日本浪漫主义文学运动的代表诗人。

在日本浪漫主义文学史上，女作家与谢野晶子占有重要一席。与谢野晶子，日本作家、思想家，原名凤晶子，1878年出身于大阪府堺市的商人家庭，9岁起她便进入汉学私塾学习汉学、琴和三味线。她热爱阅读日本古典文学，在刚刚就读女校时，她便开始接触《源氏物语》《落洼物语》（『落窪物語（おちくぼものがたり）』）等平安王朝的文学。在广泛接触文学作品的过程中，与谢野晶子阅读了《文学界》，感受到了文坛的新动向，试图开始自己发表诗歌。一次偶然的机会，她和与谢野铁干（「与謝野鉄幹（よさのてっかん）」）相遇，从而改变了自己的命运。这

① ［日］西乡信纲. 日本文学史［M］. 佩珊译. 北京：人民文学出版社，1978：257.

位此后成为与谢野晶子丈夫的男人，正是浪漫主义文学杂志《明星》（『明星』）的主编，他不仅是一位优秀的诗人，同时也是明星派诗歌革新运动的领袖。尽管当时与谢野晶子已有了恋人，而与谢野铁干也有了妻子，但他们为了自己的理想和爱情，不顾家人的反对，决定在一起。他们的这种叛逆行为，在封建旧道德的统治时代是不被社会认可的，但他们坚持实现了自己的愿望。这一段艰难的感情，极大地激发了与谢野晶子的诗歌才能，在24岁的时候，她发表了第一部诗集《乱发》（『乱れ髪』）。这部诗集不仅表现了她恋爱至上的信念，更是倾诉了少女大胆而直率的感情世界。

在明治文坛上，还有一位取得非凡成就的女作家，她就是樋口一叶（「樋口一葉」）。纵观日本各种文学全集，里面收录的女性作家的作品除了樋口一叶和与谢野晶子的之外，就很少有他人的作品能够进入了。樋口一叶出生在东京，本名夏子。她的父亲是位从农民阶级晋升的下级官吏，他非常希望儿女能通过学习知识来改变自己的命运，所以很重视儿女的教育。由于父亲对教育的重视，樋口一叶有幸师从中岛歌子学习和歌和古典日文，但她母亲思想保守，认为女子无才便是德，所以樋口一叶11岁就被迫辍学。在她17岁的时候，因为父亲去世，家业败落，樋口一叶作为长女，被迫肩负起抚养家人的责任，并开始替去世的父亲清还债务。极为困难时，樋口一叶不得不典当家里的东西维持生计。19岁时，她遇到了《朝日新闻》的记者半井桃水（「半井桃水」），并拜他为师，开始了小说的创作。之后，她开始在《文学界》上连载其代表作《青梅竹马》（『たけくらべ』）。这部作品以浪漫的手笔，描写了这样一个故事：一个生长在妓院里、长大后注定要成为妓女的美丽姑娘，爱上了一个父亲是寺院主持、将来注定要成为和尚的男孩。但随着两人年龄的增长，他们逐渐受到污浊的社会环境的腐蚀，这预示着两人成人后的悲惨命运。在这部作品中，樋口一叶极其细腻地刻画了人物心理及生理上的变化，揭示了男权社会中女性的悲哀，以及贫富差距造成的社会矛盾。但是造化弄人，这位杰出的女作家由于辛劳过度，贫病交加，在从事文学创作不到5年、还未满25岁的时候就因病去世了。鉴于樋口一叶在文学上的成就，评论家们评其为明治时期最杰出的女性作家，她的头像取代了思想家、教育家新渡户稻造被印在了5000日元钞票上。当人们看到5000日元钞票的时候，便会回忆起这位给日本文学宝库留下不朽财富的苦命而伟大的女作家。

除了这四位以外，国木田独步、泉镜花也发表了充满浪漫主义色彩的小说。在泉镜花的《高野圣僧》（『高野聖（こうやひじり）』）中，他用浪漫主义的笔调勾画了一个幻想的世界。故事的主人公是一位云游四方的修行僧。他在前往信州的途中，来到了诡异的深山幽谷处。由于天色已晚，僧人便在一户人家里住了下来。面对女主人的诱惑，僧人抑制住了自己的欲念。因而从女妖手下逃脱，继续上路。通读全篇，会发现《高野圣僧》的场景脱离现实，体现了其对超自然现象和女性美的憧憬。僧人对女主人的爱恋太不现实，因而难以实现，但也正因为难以实现从而美好。永恒的爱情一旦发生在无情的现实里，便会转换成无穷的烦恼，遭到残酷现实的破坏，因此泉镜花在超现实世界里追求其渴望的永恒爱情，富有浪漫主义情怀。

日本浪漫主义的特征之一，便是将爱情视为人生的第一要义，肯定恋爱的自由，赞美纯真的爱情，具有反对旧制度的一面。与此同时，由于受到当时社会环境的影响，日本浪漫主义又具有妥协、软弱的一面。但就总体而言，日本浪漫主义文学运动，在重新构筑日本近代文学史的过程中，是不可或缺的重要一环。

19 近代文学的双璧
——「夏目漱石と森鴎外」

明治末期至大正中期，占文坛主导地位的日本自然主义，逐渐发展成了狭隘的“私小说”。就在此时，日本文坛上出现了两大文豪——夏目漱石（「夏目漱石」）与森鸥外（「森鴎外」），他们并未随波逐流，而是形成了独具特色的文学理念，并引导了一个时代。

夏目漱石是日本文坛史上一名极为重要的人物，在《朝日新闻》评选的1000年以来最受欢迎的50名作家中，他超过两位诺贝尔奖得主（川端康成和大江健三郎），以3516票位居榜首，因此他也被称为“国民作家”。夏目漱石原名金之助，出身于江户旧幕府世袭制的名主家庭，是家中最小的儿子。由于他出生前家境已经逐渐没落，因此他出生后一度被寄养在别人家，直到10岁时才回到亲生父母的身边。正是这种家庭境遇，培养了他对独立人格的追求，并对他的心境及日后的创作产生了很大的影响。

夏目漱石自幼喜爱汉文学，接触了诸多中国古籍，少年时曾立志以汉文学出世。1888年考入东京第一高等中学后，他与俳句运动倡导者正冈子规（「正岡子規」）结为挚友，并在他的启发下，第一次使用“漱石”这个笔名写了汉诗文集《木屑录》（『木屑録』）。但日本当时正处于社会变革期，逐步走向近代化，夏目漱石察觉到学习英语是必然趋势，唯有精通英语才能跟上时代潮流，跻身社会的精英分子之流。于是，他考入了东京帝国大学文学系，专攻英国文学，并对霍特曼的平等主义思想产生了浓厚兴趣。夏目漱石在33岁时，获得了文部省公派的机会，到英国伦敦留学。在留学期间，他看到了与日本完全不同的西方的个人生活方式，看到了西方追求个人自由的潮流。这些所见所闻使得他开始思考“自我”。他赞同西方个人主义中肯定人性、追求个人幸福的部分，但是其中过分宣扬的利己主义思想让他感到不安。他提出了不能全盘吸收西方文明的观点，批判了拜金主义等西方思想。回国后，他批评了国内封建残余思想对个人自由的践踏，同时也对日本盲目效仿西方所产生的种种弊端做了尖锐的讽刺和鞭挞。夏目漱石的个人主义思想虽然来源于西方，但并不是西方个人主义的翻版。欧洲的个人主义在当时西欧资本主义生产关系下不断演化为极端的利己主义。夏目漱石内心明白这一点，于是他提出了在尊重他人的基础上，追求个人自由和理想，即“道义上的个人主义”。

1905年，应高浜虚子（「高浜虚子」）约稿，夏目漱石在杂志《杜鹃》（『ホトトギス』）上发表了处女作《吾辈是猫》（『吾輩は猫である』），并获得了读者的一致好评。这部作品采用了幽默、讽刺、滑稽的手法，借助一只猫的视觉、感觉来观察主人和客人，并以主人公中学教员苦沙弥的日常起居为主线，穿插了明治时代知识分子空虚的精神生活，讽刺他们自命清高，却无所事事、平庸无聊，贬斥世俗的矛盾性格。整篇故事构思巧妙，描写夸张，并具有深刻的思想性，有力地抨击了日本资本主义现代化带来的拜金主义、利己主义等弊端。《吾辈是猫》获得成功后，夏目漱石紧接着发表了《哥儿》（『坊ちゃん』），讲述了一个憨厚、单纯、富有正义感的青年哥儿在一所乡村中学四处碰壁、饱受委屈的遭遇，犀利地揭露了明治时期社会教育界的黑暗。作品语言机智幽默，描写手法夸张滑稽，延续了《吾辈是猫》的风格。

然而，此后的夏目漱石却转变了风格，创作了前期三部曲《三四郎》（『三四郎』）、《其后》（『それから』）、《门》（『門』）。《三四郎》主要描写农村青年来到了东京，在受到现代文明和现代女性冲击后的苦恼和失意，而《其后》描写了无业知识分子永井代助爱上朋友的妻子三千代，在经历了激烈的思想斗争后，决定大胆向三千代告白的故事。这部小说塑造了具有叛逆意识却又优柔寡断的知识分子形象，流露出了反抗世俗伦理的进步思想。而《门》则体现了知识分子追求个人幸福，却又无法摆脱道德规范羁绊的窘态。这三部作品，主要反映了近代知识分子在试图确立自我的过程中产生的矛盾与冲突。正因为不能摆脱这种矛盾心理带来的痛苦，夏目漱石晚年时提出了“则天去私”（「則天去私」）的思想，提倡要抛弃小我的私，而达到更大的自我。

纵观夏目漱石的文学创作生涯，我们可以发现，他在追求自我的道路上，经历了从“他人本位”到“自我本位”，又从“自我本位”到“则天去私”的思想转变。但无论是他的“自我本位”还是他的“则天去私”，都体现了他作为作家对于人性的终极关怀，他的这些思想给当时浮躁的日本人特别是知识分子以警醒，对于人们如何处理自我、他人与社会的关系具有积极的指导意义。

无论是初期批判社会的作品，还是描写知识分子内心挣扎的中期作品，抑或是晚年体现“则天去私”思想的作品，夏目漱石都与自然主义理念相去甚远。由于他批判自然主义缺乏“余裕”（「余裕」），给自然主义风潮带来了很大冲击，于是被称为“余裕派”（「余裕派」）。

与夏目漱石同一时代，并给文坛带来重大影响的另一作家便是森鸥外。森鸥外原名林太郎，出身于一藩主侍医家庭，从小受到良好的国学、汉学和兰学的教育。1874 年，他进入第一大学区医学校学习，毕业后从军，担任了陆军军医，后因其表现优秀，被陆军选派赴德国留学。留学期间，森鸥外除了深造医学知识以外，还广泛涉猎欧洲古今名著，深受叔本华、霍特曼的唯心主义思想的影响，尤其是霍特曼的美学思想，成了他日后从事文学创作的理论依据。

回国以后，森鸥外担任了军医学校校长、陆军军医总监、陆军省医务局长等职务，同时也开始了文学活动。他翻译了西方著名作家歌德、易卜生等人的作品，同时创办了《栅草纸》（『柵草紙』）等文学刊物，介绍西方美学理论，并开展了一些文艺批评。他批判日本自然主义主张的方法论，认为不应以是否反映事实作为衡量小说好坏的标准，而要靠想象力来完成。同时，他也反对用道德标准来衡量作品，认为这应该由个人根据自己的价值观来判断。就文学批评的标准问题，森鸥外和坪内逍遥（「坪内逍遥」）在 19 世纪末，展开了一场大规模的争论。坪内逍遥认为作品要真实地反映现实，不需要加入任何作家的主观想法，主张采用归纳式的实证批评。森鸥外则尖锐地反驳了坪内逍遥的这种文学批评态度，极力主张演绎式的批评方法。

除了文学评论以外，森鸥外在小说创作方面也取得了极大成就。他的处女作《舞姬》（『舞姫』）被誉为“浪漫主义文学的先驱之作”。该作品描写了一名留学德国的日本青年官吏，为了追求个性解放和纯洁的爱情，爱上了一名德国舞女，但由于受到日本专制官僚制度和封建道德的约束，最终还是选择抛弃舞女，保住自己的官位，因而酿成了一个爱情悲剧。作品主人公因受到社会体制的束缚，最终迫不得已妥协，反映出了近代知识分子对个性解放的追求，以及与社会现实之间的矛盾。森鸥外的另一代表作《雁》（『雁』），则是他这一时期艺术成就较高的作品。《雁》描写了明治年间一个贫苦少女阿玉（「お玉」），被生活所迫沦为高利贷主的情妇，可她渴望摆脱这种屈辱的境地，暗自爱上了一个每天从门前经过的大学生，但由于种种原因，最终还是失去了表白的机会。在作品的最后，森鸥外描写了一只碰巧被击毙的雁，以此来象征阿玉的悲惨命运。不少评论家评价这部作品人物心理刻画细腻，场景逼真，实在难得。

1910 年，由于日本政府制造了“大逆事件”（「大逆事件」），加上 1912 年明治天皇驾崩，乃木希典（「乃木希典」）大将夫妇剖腹殉死，这些事件给森鸥外带来了极大冲击。之后，森鸥外改变风格，开始创作历史小说，来表达自己的理想和信念。在短篇小说《阿部一族》（『阿部一族』）中，他客观抨击了殉死这一封建道德行为，揭示了封建殉死制度虚伪、惨无人道的实质。而《高濑舟》（『高瀬舟』）则是以一个犯人在囚船上讲述自己经历的形式展开的。主人公的弟弟不堪贫困、疾病的折磨，恳求他帮助自己结束生命，因此他被判刑并被流放，结果却发现囚徒的生活比原来的境遇优越，于是泰然处之。这一作品更加深入地揭示了社会底层人民的生活惨状，同时也是日本第一部涉及“安乐死”题材的作品，森鸥外在作品里对安乐死与伦理道德之间的关系进行了深刻思考，具有超前的意识。到了晚年，森鸥外主要埋头于史料的考证，也写过几部专心学术、不问世事的学者的传记，表现出他晚年企图摆脱世俗的心境。

夏目漱石在 12 年的作家生涯中，创作了小说、文学论著、汉诗、俳句等大量文学作品，这些作品包含了文明批判、利己主义、道德、女性观、知识分子等极其丰富的主题，而贯穿于这些作品的核心主题，便是对人类生存意义的关注与探索。他不惧权威，冷眼观察世界，以赤诚之心批判世界。拒绝政府授予的博士称号，一直坚持走自食其力的职业作家的道路。而森鸥外作为作家，创作了许多题材丰富、对现实具有积极意义的作品，但因为他一生供职于军界，在身为小说家、评论家的同时又代表政府的高级官吏，这种特殊的双重身份，造成他对社会既具批判性，同时又碍于身份而具有妥协性的双重性格。尽管社会地位、作品风格迥异，但夏目漱石与森鸥外的创作，在自然主义垄断的时代是独树一帜的。他们都是在自幼接受汉文化熏陶后受到西方思潮影响并前往欧洲留学的，因此十分精通东西方文化，并且不是仅局限于小说，在文学评论、汉诗、俳句等领域也颇有建树。他们大大推动了日本文学近代化的发展，给文坛做出了巨大的贡献，于是被誉为日本近代文坛的“双璧”而被载入史册。

20 “破理显实”与“觉醒者的悲哀”

——「自然主義文学」

19 世纪下半叶，自然科学、医学得到迅猛发展，这些科学理论的产生，同时也影响了文学创作。在法国，率先产生了自然主义文学（「自然主義文学」），其最主要的代表人物是埃米尔·左拉。他运用自然科学的实证理论知识来描写人类社会，试图通过这种形式，来揭露当时法国社会的阴暗面。之后，这一文学流派以惊人的速度传至欧美及至世界其他国家。

受左拉自然主义文学理念的影响，20 世纪初，日本也掀起了自然主义文学运动。首先，作家小杉天外（「小杉天外」）模仿左拉的作品，创作了早期日本自然主义小说的第一部作品《初姿》（『初すがた』），并且在这部作品的序言中，强调作品所描写的事物无所谓善恶美丑，主要是让读者清晰地想象出作品中的现象，和读者所接受的现实中的自然现象一模一样，彻底贯彻了客观写实的态度。日本早期自然主义的另一位代表作家是永井荷风（「永井荷風」），他创作了小说《地狱之花》（『地獄の花』），并在跋文中提出，作家要专门描写祖先的遗传和环境带来的种种黑暗的事实，强调自然科学应成为对抗旧道德的斗争武器。这些作家的活跃，为日本自然主义文学的发展打下了很好的基础。之后，日本自然主义文学摆脱了初期盲目模仿欧洲自然主义文学的倾向，日趋成熟，形成了日本本土的自然主义，并在近代文坛上独放异彩。

自然主义文学运动的代表人物之一岛崎藤村（「島崎藤村」），原为日本浪漫主义文学运动的代表诗人之一。然而，他在接触了左拉、莫泊桑、福楼拜等作家的作品之后，深受影响，开始创作自然主义文学作品。1906 年，他发表了长篇小说《破戒》（『破戒』），这部作品采用了自然主义的创作方法，出版之后立即在文坛引起了轩然大波。岛崎藤村在执笔时的心情用他自己的话说是“觉醒者的悲哀”。当他听到一个部落民出身的教师的悲剧故事时，深有感触，便将“觉醒者的悲哀”寄托在《破戒》里的命运坎坷的主人公丑松身上。小说的主人公濑川丑松（「瀬川丑松」）是一名小学教员，他一直为自己的部落民出身而感到苦恼。他父亲曾嘱咐过：不管遇到什么事情，都不要说出自己的身世，如果忘了这个告诫，那么就会被这个世界抛弃。起初他严守父亲的告诫，在学校提倡人性化的教育并深受学生的欢迎。之后，他接触到了猪子莲太郎（「猪子蓮太郎」）先生，虽然同样出身部落民，但猪子莲太郎先生敢于把自己的身世公之于世，同时作为新思想家，为受歧视的部落民而战斗，却终因受歹徒袭击而失去生命。但猪子莲太郎先生给濑川丑松带来的影响是深远的，在经历了激烈的思想斗争之后，他还是决定走忠实于自我的道路，破了父亲的戒规，在课堂结束后，将自己是部落民的真相告诉了学生。这部作品可以称得上第一部成熟的、具有日本特点的自然主义小说。一方面，这部作品提出的部落民问题是长期以来一直存在于日本社会的问题，虽然当时已经经历了明治维新，但这种社会现状并没有得到彻底的改变。岛崎藤村创作这部小说时专门做了实地调查，小说中的人物和事件都直接或间接地体现了客观事实。另一方面，他第一次采用告白自己隐私的方式描写了人物的内心世界。正因为《破戒》采用了自然主义的描写手法，在保守的社会背景下，直接从正面描写了部落民问题，批判了现实社会，并塑造了为自我解放而苦恼的知识分子形象，所以被评论界誉为自然主义第一部划时代的代表作，岛崎藤村也因此确立了作为自然主义代表作家的地位。

自然主义文学运动的另一代表人物则是田山花袋（「田山花袋」）。他曾经在评选出的对 20 世纪中国文学影响最大的 20 位外国作家中排名第 9 位，上榜理由是他勾起了中国作家对身体的兴趣。他原名田山录弥，出生于群马县一个下级藩士的家庭，迁居东京后开始学习英语，并接触到了西方文学。刚踏入文坛时，他的作品风格更接近于浪漫派。当他结交了岛崎藤村、国木田独步（「国木田独歩」）等文坛笔友后，深受他们的影响，开始倾心于法国自然主义文学，并转向自然主义风格的文学创作。由于受到《破戒》的刺激，田山花袋在第二年发表了作为自然主义文学的先驱作品之一的《棉被》（『蒲団』）。这部作品写的是一个中年作家竹中时雄（「竹中時雄」）收留了一个年轻貌美的女弟子横山芳子（「横山芳子」），在相处的过程中逐渐被她婉转的声音、婀娜的姿色所吸引，进而迷恋上她。但他一直被师德所困扰，而且还遭到横山芳子父亲的反对。无奈之下他只好压抑自己的感情，终日辗转难眠。不久，横山芳子被家长领走，回到了她的家乡，愈加苦闷的竹中时雄在横山芳子离去后走进她的卧室，拉过她曾睡过的棉被，埋头闻着棉被上她留下的余香，此时悲哀和绝望顿时涌上心头。其实，这正是田山花袋本人的一段真实的生活记录。在现实生活中，他的确爱上了自己的女弟子，但由于受到道德的束缚，他没能向她表达自己的爱意，一味地沉迷于空想和哀伤之中，最终只好采取这种近乎变态的举动来表露内心的绝望。田山花袋直接以自己的私生活为题材，大胆地进行暴露，虽然作品的故事情节并不跌宕起伏，但它注重展示主人公内心的深层感受，并从人性的角度来表现对主人公的怜悯之情，充分体现了田山花袋“露骨的描写”的精神。

《棉被》发表后，马上得到大家的一致好评，被称为具有划时代意义的作品。在得到如此高度的评价之后，田山花袋更是直接以身边的故事为题材，创作了《生》（『生』）、《妻子》（『妻』）、《缘》（『縁』）三部曲，并在这个过程中，首次提出了“平面描写”（「平面描写」）这一概念。所谓的“平面描写”，是指作者排除一切主观因素，不深入事物的本质，也不进行任何评价，只是平面、如实地描写自己的所见所闻。这种描写手法颇具日本特色，但它却偏离了左拉最初提倡的运用科学理论来批判社会的创作态度。在田山花袋这里，作品关注的重点从社会转向个人和家庭，且排除一切技巧，只谈自我的直接经历与主观感受，很少涉及，甚至脱离了社会。这种对自我感情、自我经历的表露，对日本自然主义文学的发展方向产生了极大影响，并为后来日本独特的“私小说”的形成奠定了基础。

日本自然主义文学界，除了有岛崎藤村、田山花袋这样的代表作家以外，还有许多评论家同时进行着理论方面的建设。其中，文艺评论家长谷川天溪提出了“破理显实”，即主张作家要排除一切理想，客观地描写真实。另一著名评论家、美学家岛村抱月（「島村抱月」），则是自然主义理论方面的领头人，他在《近代文艺的研究》（『近代文芸の研究』）一书中对自然主义文学的理论做了如下概括：直面真实的现实世界，恍若世间万物之意义所在，无论直观之世界，抑或充满乐趣的人生，此等心境被称为艺术。

而在有“日本自然主义的经典”之称的文集《代序・论人生观上的自然主义》（『序に変えて人生観上の自然主義を論ず』）中，他还提出：摒弃虚伪，忘却矫饰，深刻地凝视自己的现状，然后真诚地坦白。

日本近代文学史上，如此重视理论建设的流派仅有自然主义，但岛村抱月提出的这些理论，其本身有着视野狭隘的缺点。以田山花袋等作家的作品为代表的日本自然主义文学，也逐渐发展成了真实暴露作者身边事物，以及作者心境的私小说和心境小说，慢慢失去了社会批判的积极意义。

自然主义思想有以下三个特点。一是具有强烈的自我意识。是具有个人主义的、自我主义的近代思想。由此可见，自然主义以个人主义和自我主义为基本要素，是对以个人主义为根基的自我主义的强调。二是主人公要抗争的直接对象便是“家”。“家”这种形式道德阻碍了个人自由的发展。在私生活里，以“家长制”为中心形成亲子关系及夫妻关系。自然主义在追求自我解放时，必然会遇到“家”这道墙的阻碍。“家”真实地存在于个人与社会之间。一方面希望从“家”的枷锁中解放出来，另一方面却不得不承认受家庭的束缚而只能过着平凡单调的生活这样的灰暗现实。田山花袋的《生》、岛崎藤村的《家》便是暗示建立新家的作品。三是对人生及社会采取的是旁观者的态度。田山花袋提出“艺术家对人生应持客观态度”，而岛崎藤村则提出要做“人生的随军记者”。

自然主义不仅是以小说、评论为中心的文学运动，同时也是人生观、世界观上变革的思想运动。初期的自然主义多进行露骨的性欲描写，暴露丑陋事实的作品并不多见。如佐藤红绿的《脚炉》（『あんか』）、《鸭》（『鴨』）等均以异常环境下的性为主题，在当时可谓惊世骇俗。直到《破戒》问世才真正进入自然主义时代。如果自然主义沿着岛崎藤村的《破戒》之路走下去的话，那自然主义便具有了现实主义的内涵。但是《棉被》一出现便进行赤裸裸的自我暴露，故意揭露中年男人对女弟子的占有欲。而田山花袋的成功使得很多作家都一味地模仿，一发不可收拾地执着于描写自我生活上的感官刺激。甚至于岛崎藤村也创作了暴露自己与侄女乱伦的《新生》。尽管日本自然主义文学在其发展过程中发生了深刻的变异，但我们绝不能用简单的方式做出粗陋的评判。变异是在特定的文化背景中产生的，它也符合日本当时的国情。可以说，日本自然主义文学从模仿到消化、成熟，最终不仅确立了自己的形象，而且成了近代日本文学的主流。

对自我的凝视与忏悔
——「私小説」と「心境小説」

“我这一生，尽是可耻之事。”这句话出自太宰治的小说《人间失格》的开头。作者太宰治通过第一人称的视角，描绘了主人公大庭叶藏从青少年到中年，为了逃避现实而不断沉沦，经历自我放逐、酗酒、自杀、用药物麻痹自己，终于一步步走向自我毁灭的悲剧。而大庭叶藏的人生遭遇则主要来自太宰治的个人经历，这部《人间失格》可以认为是他的带有自传性质的作品。这类作者以第一人称的手法来叙述个人身边琐事和描绘心理活动，并直截了当地暴露自我的小说，通常被学界称为“私小说”。

在日本近代小说发展的进程中，“私小说”这一独特的概念频繁出现于大正时代的后半期，并在大正末期开始被视作日本纯文学的核心，在文坛上占据了统治地位。大正年间（1912—1926）可以说是私小说的鼎盛时期，对后世日本文学的发展也具有重大影响。

“私小说”这一词最早出现可以追溯到1920年，作家宇野浩二在有名的杂志《中央公论》秋季大附录号上发表了小说《甜蜜的世间》（『甘(あま)き世(よ)の話(はなし)』），并在小说的序中将类似自传的小说称作“私小说”。在当时的文坛，刚开始的“私小说”一词颇有嘲讽批评的意味，其内容中描写私人生活的部分多被人看不起。但发展到后来，由于这一词语本身简洁易懂，也逐渐褪去了负面的色彩，成为普遍的文学用词，为当时的各界文人所接受。

有关“私小说”这一文学创作形式的定义，日本文学评论学界也一直没有统一的说法。最初有“自传小说”“自白小说”“自己小说”“第一人称小说”等名称。大正年间，久米正雄将“把自己直截了当地暴露出来的小说”定名为“私小说”或“心境小说”。第二次世界大战后，伊藤整（「伊藤整(いとうせい)」）

在《小说的方法》（『小説の方法』）中把“私小说”分为“破灭型”和“调和型”两类，之后平野谦（「平野謙」）在其1951年的著作《私小说的二律背反》（『私小説の二律背反』）中沿用了伊藤整的说法，称前者为“破灭型私小说家”，而将后者称为“调和型心境小说家”，这一说法也获得了学界的普遍认可。

总的说来，现如今的“私小说”大致分为两类。一是描写自己的家庭，以及社会的事实经历等私人生活的杂记小说，二是描写自己在经历不同事件时的心境变化的“心境小说”。现在有将两者统称为“私小说”，认为“心境小说”归属于“私小说”的用法，也有将前者称为“私小说”，后者称为“心境小说”的并列用法。

虽然“私小说”这一词语的出现是在1920年左右，但早在这之前日本文坛就已经存在此类作品。1907年，自然主义作家田山花袋发表了作品《棉被》（『布団』）。这部作品讲述了男主人公时雄厌倦与妻子的生活，对女弟子芳子产生了爱恋之情。在芳子搬到自己家住之后，她的发香、笑容、眼神充斥着时雄的生活，一次次使他产生性欲冲动，但他又迫于传统，只好强压自己心头的爱欲。当芳子有了年龄相当的男友后，他认为自己将失去芳子，于是想办法让她的父亲把她接走，以此来拆散芳子与男友。最后芳子离开后，时雄盖上芳子的棉被，埋头闻着芳子棉被上的余香，肆意地哭泣发泄。

> 時雄は雪の深い十五里の山道と雪に埋れた山中の田舎町とを思い遣った。別れた後そのままにして置いた二階に上った。懐かしさ、恋しさの余り、微かに残ったその人の面影を偲ぼうと思ったのである。(中略) 時雄は机の抽斗を明けてみた。古い油の染みたリボンがその中に捨ててあった。時雄はそれを取って匂いを嗅いだ。暫くして立上って襖を明けてみた。大きな柳行李が三箇細引で送るばかりに絡げてあって、その向うに、芳子が常に用いていた蒲団——萌黄唐草の敷蒲団と、線の厚く入った同じ模様の夜着とが重ねられてあった。時雄はそれを引出した。女のなつかしい油の匂いと汗のにおいとが言いも知らず時雄の胸をときめかした。夜着の襟の天鵞絨の際立って汚れているのに顔を

押附けて、心のゆくばかりなつかしい女の匂いを嗅いだ。

性慾と悲哀と絶望とが忽ち時雄の胸を襲った。時雄はその蒲団を敷き、夜着をかけ、冷めたい汚れた天鵞絨の襟に顔を埋めて泣いた。

时雄遥想起那积雪很深的十五里山路和被雪覆盖的山村小镇。他爬上二楼，那里还保持着芳子走后的样子。思慕与眷恋之情涌上心头，他不由得追忆起那隐约残留在脑海中的芳子的面影。（中略）他打开桌子的抽屉，里面还躺着沾了头发油脂的旧飘带，时雄把它拿起来闻了闻。他在房间里待了一阵，然后站起来打开拉门一看，三个大藤箱用细麻绳捆扎在一起，只等送回家去。对面叠着芳子平常用的棉被——葱绿色蔓藤花纹的褥子和棉花絮得很厚、与褥子花纹相同的盖被。时雄把它抽出来，女人身上那令人依恋的油脂味和汗味，不知怎的，竟使时雄的心怦怦直跳。尽管棉被的天鹅绒被口脏脏的，他还是把脸贴在那上面，尽情地闻吸着那令人依恋的女人味。

性欲、悲哀、绝望，猛地向时雄袭来。他铺上那床褥子，把棉被盖在身上，用既凉又脏的天鹅绒被口捂着脸，哭了起来。①

以上选段来自小说的结尾部分。主人公时雄在芳子走后到她之前所住的房间，贪恋着她所留下的味道。小说这段中有不少充满气味的描写。如“沾了头发油脂的旧飘带”“那令人依恋的油脂味和汗味”“那令人依恋的女人味”等，仅从描写上来看不免有种污秽不洁净之感，然而主人公完全没有任何嫌弃的表现，反而满足地感受着心上人的气味。而这种描写，包括后面时雄抱着被子哭泣的场景，对于站在外人立场上的大部分读者看来，颇有点滑稽又可悲的意味。但正是田山花袋这种过于赤裸裸暴露私人欲望的描写，才使得这部作品给人留下了深刻的印象。

小说被称作一部“赤裸裸的、大胆的个人肉欲的忏悔录”，给当时的文坛带来了巨大冲击，由此开始的自然主义小说脱离了欧洲左拉等作家的西方自然主义的框架，失去了自然主义和合理主义的客观性，变质为赤裸裸地描绘

① 笔者译。

现实自我的范本。而这部作品也被看作杂记小说类私小说的源头，所属的自然主义也被认为是此类小说的母体。

除田山花袋之外，葛西善藏（「葛西善蔵」）的《悲哀的父亲》（『哀しき父』）、《领着孩子》（『子をつれて』），岩野泡鸣（「岩野泡鳴」）的《耽溺》（『耽溺』），国木田独步（「国木田独歩」）的《命运》（『運命』），泷井孝作（「瀧井孝作」）的《无限拥抱》（『無限抱擁』），包括太宰治（「太宰治」）的《人间失格》（『人間失格』）等也被看作私小说的代表作。

私小说中的另一分类，心境小说的概念最早出现在 1925 年久米正雄编著的《私小说和心境小说》（『私小説と心境小説』）中。他说："所谓心境，是我在作俳句时经常听到的一个名词，大概就相当于'写俳句时的心中的境况'的意思，心境小说也就由此而得名。"① 在那之后平野谦从理论上定义了心境小说，使模糊的概念具体下来。

如果说杂记类私小说主要来源于自然主义的话，那么心境小说则主要来源于白桦派。其中最为典型的代表作家就是志贺直哉（「志賀直哉」）。1917 年，志贺直哉发表了短篇作品《在城崎》（『城崎にて』），作品以作者在城崎疗养院的亲身经历为范本，描写了"我"听从医生的嘱咐来到疗养院养病，在那里见识到了三个象征性的小动物蜜蜂、老鼠、蝾螈的死亡过程。通过小动物死亡的场景描写，融入并衬托了"我"的一系列心境变化。

> 自分は鼠の最期を見る気がしなかった。鼠が殺されまいと、死ぬに極まった運命を担いながら、全力を尽して逃げ廻っている様子が妙に頭についた。自分は淋しい嫌な気持になった。あれが本統なのだと思った。自分が希っている静かさの前に、ああいう苦しみのある事は恐ろしい事だ。死後の静寂に親しみを持つにしろ、死に到達するまでのああいう動騒は恐ろしいと思った。自殺を知らない動物はいよいよ死に切るまではあの努力を続けなければならない。今自分にあの鼠のよう

① ［日］稲垣足穂．編年体大正文学全集第 14 巻［M］．東京：ゆまに書房，2003：442．

な事が起こったら自分はどうするだろう。自分は矢張り鼠と同じような努力をしはしまいか。自分は自分の怪我の場合、それに近い自分になった事を思わないではいられなかった。自分は出来るだけの事をしようとした。自分は自身で病院をきめた。それへ行く方法を指定した。

我没有心情再观看老鼠的死亡了。它那竭尽全力四处逃窜，想要逃脱死亡的命运的样子莫名地在脑子里浮现起来。我突然有一种凄凉的厌恶感。然而那确实是真实的。在自己所希望的宁静到来之前必须经历那样的痛苦，这实在是很可怕的。我认识到不管对死后的静寂抱有多大的亲密感，在死亡到来之前的那种骚动都是一件十分可怕的事。不懂自杀的动物，直到死前的那一刻都必须做出那样的努力。如果老鼠的经历发生在自己的身上，我又会怎么办呢？会不会像老鼠一样做出同样的努力呢？我不自觉地想到自己受伤时，其实已经做了类似的事情。我决定要尽自己最大的努力去挽救。我决定了要去的医院，并且指定了前往那里的方法。①

以上选段描写的是主人公“我”在面对老鼠之死时产生的心理活动。“我”在看到老鼠死的时候，从它在临死之前拼命挣扎的样子中感受到了寂寞，使得“我”之前在蜜蜂的死中所体会到的，对死亡的静寂抱有的亲密感产生了动摇。原文这里也用了几个连续的相似结构的短句表达了“我”当时心境的强烈变化。

《在城崎》问世七年后，当时担任《新潮》（『新潮（しんちょう）』）杂志主编的中村武罗夫概括出心境小说的特征是：作者直接出现在作品中，直接与读者说话，一味地叙述作者的心情。在此以后，久米正雄进一步提出：心境小说实际上说得通俗一点就是作者当时的心情再现，说得深奥一些，就是作者观察对象时的人生观、感想通过小说的形式表现出来。

私小说的代表作家虽大部分归类于自然主义，但实际上日本近代知名的作家大多写过私小说。即便私小说这一概念的诞生是在大正时期左右，但早

① 笔者译。

在那之前日本文坛就已经有了大量的私小说类型的作品。私小说的本质是暴露自我，描写自身的心境，一定程度上脱离了社会现实。这几个特征的产生其实均与日本本身的历史、地理、人文脱不开关系。可以说，正是有日本这片文化土壤才诞生出“私小说”这一独特的文学分类。虽然私小说这一概念在日本本土也一直有着颇多的争议，但这一贯穿日本文学史的文学概念在很长的一段时间里贡献了大量优秀的文学作品，在现在及未来，有关的研究都会是具有重要意义与价值的。

22 新理想主义文学

——「白樺派」

20世纪初，自然主义文学运动在日本文坛上兴盛起来，但是日本的自然主义在后期逐渐转变为描写自我丑陋琐事的私小说，没有对当时的旧道德、旧制度提出批判。而此时，国民的自我意识开始觉醒，年轻人特别是知识分子对社会现状表达了不满，主张实现个人价值和个人自由。于是，一批年轻人于1910年创办了文艺刊物《白桦》（『白樺』）。该刊物除刊登文学作品之外，还致力于介绍欧洲美术，尤其是后印象派画家。在该刊周围，还有《利己主义》（『エゴ』）和《生命之川》（『生命の川』）等一系列杂志。其势力不断扩张，逐渐成为当时日本文坛的中轴，并独自形成了日本文学史上一个重要的流派——“白桦派”（「白樺派」）。

白桦派作家们出身于上流社会，家境优越，都接受了良好的教育，所以他们比别人抱有更强烈的优越感、自负感，对人生、对世界都持有一种乐观、进取的态度。这种人生经历和人生态度也影响到了他们的文学理念和文学创作。白桦派作家们反对文学艺术上的自然主义流派，主张新理想主义为文艺思想的主流，以个人与个性的成长为运动口号，他们绝大多数成员有着留学经历。白桦派作家们对社会现状不满，希望用知识改造世界，实现自由民主，富有浓厚的人道主义色彩。白桦派的主要成员有武者小路实笃（「武者小路実篤」）、志贺直哉（「志賀直哉」）、有岛武郎（「有島武郎」）、长与善郎（「長与善郎」）、里见弴（「里見弴」）、木下利玄（「木下利玄」）等。

有岛武郎是白桦派的代表作家之一，他是东京大藏官僚及实业家有岛武的长子。由于父亲十分重视孩子的教育，因此有岛武郎从小便接触儒教文化和西方文化。学习院毕业后，他进入札幌农业学校学习，立志成为一名农学家。后来有岛武郎赴美留学，接触到了大量的西方哲学及西方文学。回国后，他在东北帝国大学农科大学从事英语教学工作。通过弟弟生马的介绍，他认识了志贺直哉、武者小路实笃，并开始参与《白桦》的创作。妻子和父亲去世以后，有岛武郎放弃教师职业，全身心投入文学创作中，这段时期，他发表了《该隐的末裔》（『カインの末裔』）、《迷路》（『迷路』）、《与生俱来的烦恼》（『生まれ出づる悩み』）、《一个女人》（『ある女』）等优秀作品。在《一个女人》中，他描绘了大正年间一名自我意识觉醒的女性早月叶子疯狂坎坷的一生。女主人公大胆追求自己所爱，在感情淡下来以后，又迅速离开，寻找新的恋人。之后，她不顾家人反对和世间的流言蜚语，与已为人夫的仓地三吉相爱，沉迷于自己的爱情。与这部小说的情节类似，有岛武郎在1923年恋上了有夫之妇的波多野秋子（「波多野秋子」），由于恋情被发现，迫于压力，两人在轻井泽的别墅中双双殉情，结束了生命。因此，也有人说这部作品是有岛武郎的真实写照。

武者小路实笃是白桦派思想方面的指导人物，他出身于东京贵族家庭，父亲是子爵，祖父是著名的歌人。幼年时期，武者小路实笃开始就读于学习院，1908年从学习院高等科毕业后，考入东京大学社会学系，但由于对文学产生了浓厚的兴趣，想专注于文学创作，于是上东京大学一年后便退学了。1910年，他与志贺直哉、木下利玄、有岛武郎等人，共同创办了杂志《白桦》，成为白桦派的代表作家。他不赞成自然主义文学中消极、悲观的情绪，而主张自尊、自爱、积极进取的人生态度。学生时期，武者小路实笃倾向于俄国作家托尔斯泰的主张，提倡人要博爱，要禁欲，要救济社会，但他的思想渐渐转变成了积极的自我肯定，将发挥自我作为人生的最大目的，认为去掉个性，人就没有尊严。在生活方面，他同样表现为一个乐天的理想家。在托尔斯泰“躬耕”生活的影响下，他试图建设一个乌托邦式的社会，于是在1918年创办了杂志《新村》（『新しき村』），并在宫崎县日向地区建立了劳动互助、共同生活的模范“新村”，过着“原始共产”的生活。这段时期可以称得上是武者小路实笃创作的高峰期。

在住进“新村”的第二年，他创作了代表白桦派理想主义的恋爱观和友情观的作品《友情》（『友情（ゆうじょう）』）。这部作品的主人公野岛去看戏的时候，对朋友仲田的妹妹杉子一见钟情，时常被她的清纯所打动。他向最好的朋友大宫倾诉了内心一直压抑的感情，并得到了大宫的鼓励和祝福。那年的夏天，一个偶然的机会，野岛和大宫受到仲田的邀请，在镰仓的别墅一块儿生活，而杉子也会经常来玩。一块儿相处的时候，野岛常常会为了杉子的一举一动或喜或悲，相反，大宫对杉子则态度冷淡，与她进行乒乓球赛时，也毫不相让。但就在夏天快结束时，大宫突然决定去西洋旅行。大宫离开之后，野岛向杉子求婚，但总是被她婉言拒绝。又过了一年，杉子去了巴黎，不久野岛收到了大宫的来信，并且在信中坦白了自己与杉子的爱恋。此时，野岛想哭，想发怒，想喊叫，但他还是怀着复杂的心情读完了这封信。这部作品除了描写爱情、友情以外，也描写了青年的自我确立。

志贺直哉是白桦派的中心作家之一，被称为短篇小说之神。志贺直哉出身于宫城县的一户富饶人家，是家里唯一的孩子。他自小便接受贵族子弟的教育，17 岁时在家中书生的介绍下，他与无教派活动家内村鉴三结识，并师从于他直到 24 岁。在学习院中等科学习期间，他与武者小路实笃、木下利玄等人成为同学，并结为好友。由于志贺直哉小时候在祖父母的溺爱下长大，与父亲的感情渐渐冷淡，这也为他们日后的不和埋下了伏笔。志贺直哉长大后，与父亲在私生活及意识形态上的矛盾和对立越来越激烈。“足尾铜山矿毒事件”① 爆发后，志贺直哉同情工人并支持他们，而父亲则站在资本家的立场与志贺直哉意见相左，两人发生冲突。后来，志贺直哉与家中女仆相爱，但受到父亲阻挠，两人断绝关系。自此以后，志贺直哉的一些作品里都有围绕他和父亲的关系的间接描写。例如两人于 1917 年和解，同年他便发表了著名中篇小说《和解》（『和解（わかい）』），暗示了两人关系的缓和。作者由此进入创作的高峰期。

1921 年，擅长写短篇小说的志贺直哉开始着手写他生平唯一的长篇小说《暗夜行路》（『暗夜行路（あんやこうろ）』），历时 15 年，终于在 1937 年完成了这部巨著。这部作品描写了一个孤独的知识分子在不幸的生活中，在思想苦闷的道路上

① 足尾铜山矿毒事件是日本最严重的公害事件之一。由于足尾铜山的开发，含有矿毒的废水、废气等污染了周边环境和渡良濑川下流，给当地的农业、渔业带来了毁灭性的灾难。

探索的历程。主人公时任谦作（「時任謙作（ときとうけんさく）」）与祖父的妾一块儿生活，但逐渐对她产生了感情，于是他外出旅行。没多久，他得知自己是祖父和母亲的私生子，而且因为自己，父亲将祖父的妾赶出了家门。移居京都后，他与直子结婚，婚后不久发现了妻子的不忠行为。为了摆脱母亲和妻子的不忠行为给自己带来的苦恼，他独自外出旅行，试图寻求内心的平静。志贺直哉的作品具有浓重的调和色彩，总是努力追求美好的、平和的世界，体现了浓厚的道德观念和深刻的伦理自觉。

白桦派作家的宏观特色可归纳为：第一，以个性成长为目标的内在论一元观；第二，确信宇宙生命意志的带有目的性论性质的世界观；第三，重视伦理价值，强调正义、人道和爱的人道主义世界观。他们提倡理想主义、人道主义，尊重个人个性，提倡从各种旧传统的束缚中解放出来，在确定近代自我方面，起到了积极的推动作用。值得注意的是，宏观上白桦派在其存在基础上具备共同特色，但微观看来，他们个人气质的差异十分显著。尤其是贯彻超级自我的志贺直哉与注重自他、很难贯彻自我的有岛武郎二人之间在诸多方面形成反差，可谓白桦派中的两极。志贺直哉的文学重视文学表现上的技巧性，敏锐、真实、简洁，是站在强者立场上创作的“男性强者文学”，是充满二者取其一的正义感和洁癖感的“检察官视角”的文学；有岛武郎的文学倾向于唯物史观的社会主义思想主张，是动摇于两极之间的“女性弱者文学”，是将自己置于被告席上的“被告视角”的文学。

由于这群白桦派作家大多出身于贵族、资产阶级，他们对自己的出身感到烦恼，且不积极参与社会变革活动。随着社会主义思想的传入，日本国内无产阶级运动先后展开，国内阶级矛盾也逐渐激化，具有局限性的白桦派理想主义越来越不能适应时代的发展，有岛武郎自杀后没多久，《白桦》杂志宣布停刊，完成了白桦运动的历史使命。

23 将情感升华为观念的欢愉

——「唯美主義文学」

唯美主义，又称耽美主义、新浪漫主义，是拥有悠久历史的哲学用语，也是一种世界观、人生观，它将美的享受与形成置于至高无上的地位。美所产生的，是让情感升华为观念的欢愉。唯美主义文学在 20 世纪初日本自然主义文学全盛时期，作为反对自然主义的文学思潮而兴起。在 1909 年左右日本自然主义文学运动到达高潮时，由森鸥外支持、上田敏创办的杂志《昴星》（『昴』）的创刊标志着其诞生。第二年，分别由永井荷风和谷崎润一郎主持的《三田文学》（『三田文学』）和第二次《新思潮》（『新思潮』）创刊，唯美派作家们以这三本杂志为活动据点，又不断为唯美主义文学的发展完成组织上的准备，做理论补充，为其展开奠定了理论基础。美术杂志《方寸》（『方寸』）的创办及“自由剧场”的创立等，也为唯美主义文学思潮的兴起增添了气势。唯美派作家反对自然主义主张的客观、平板的描写及重视“真甚于美”的想法，主张艺术至上、为艺术而艺术，强调文学应以享乐为目的，重视表达感觉、重视虚构的写法，将故事放入一个非现实的背景中去描写，追求妖艳怪异的官能的美。

1916—1917 年，日本唯美主义文学发展到达巅峰，成为日本文学的主潮，逐渐取代了自然主义文学，与理想主义的白桦派文学一起占据了日本文坛。唯美派代表作家主要有永井荷风（「永井荷風」）、谷崎润一郎（「谷崎潤一郎」）、上田敏（「上田敏」）等人。

永井荷风（1879—1959），小说家、随笔家、剧作家，出生于东京，本名壮吉，父亲是实业家兼诗人，母亲爱好江户艺术，永井荷风可以说是在浓厚的文学氛围下成长的。

1898年，他投入以描写、揭露社会阴暗面而闻名的“悲惨小说”代表作家广津柳浪门下，立志成为小说家。他的文学出发点是从富有柳浪风格的写实主义开始的，但当时自然主义及左拉思想的盛行，对他产生了影响。他于1902年发表了《地狱之花》（『地獄の花』），因此被称为自然主义文学的先驱式人物。

从1903年到1908年，他先在美国游学，后来前往法国工作。在法国期间，他切身接触、了解了法国的人文艺术，为西方的人道主义精神所倾倒，他在阅读莫泊桑、福楼拜等作家作品的同时，仍然不时阅读日本的古典作品。就是在这样一种状态下，永井荷风对西方的市民社会，以及日本的近代化与传统文化有了更多反思及深刻认识。

1908年7月回国后，他一改之前的自然主义风格，先后发表了取材于美国、法国游学和工作期间的见闻的《美国物语》（『アメリカ物語』）和《法国物语》（『フランス物語』），在这两部充满了异国情调和唯美的享乐氛围的作品中，永井荷风表达了他对西方文明的肯定及憧憬。1910年，他出任庆应义塾大学文学部教授，创办《三田文学》，作为唯美派的活动据点之一，他也成为反自然主义阵营的中心人物。之后，他又发表了《冷笑》（『冷笑』）、《隅田川》（『すみだ川』）等作品，在这些作品中，他表现出了从西方回国的人们眼中的明治文明与西方文明相比较之下的违和感，对文明开化后日本浮于表面的近代化进行了无情的批判，同时表现出了亲近下町和花柳世界的唯美主义倾向。

1910年，“大逆事件”发生，在强权镇压政策下，他和许多作家一样，没能勇敢提出批评与抗议，他也十分痛恨自己的软弱与怯懦。之后，由于一直以来对明治社会的反感与不满，他开始追忆过去，创作了有关在西方文化冲击下逐渐消亡的江户情趣的作品。

明治向大正转变的时代，也是永井荷风人生的一个转折点。父亲死后，他与妻子离婚，迎娶花柳界出身的女子为正妻，后来又离婚。这种违反淳风良俗的行为让他与弟弟等人的关系恶化，最后被疏远。

1916年，他以健康为由辞掉了庆应义塾大学教职与《三田文学》的工作，卖掉了父亲的宅邸，买了一幢木制洋式建筑，命名为“偏奇馆”，并在那里开始了自由的独居生活。也是在这一时期，他爆发了蓬勃的创作力量，创作了一些描写花街柳巷生活的作品，引起了不小关注。其中，代表作有《较量》（『腕くらべ』）等。也是在这个时期，他开始创作日记《断肠亭日乘》（『断腸亭日乗』），在这部持续到1959年的日记中，他始终表达着反俗、反战、不妥协的态度。

在一段低迷时期后，昭和年代，永井荷风的创作迸发出新的火花，这时的作品以1931年的《梅雨前后》（『つゆのあとさき』）和1937年的《墨东绮谭》（『濹東綺譚』）为代表，根据探访隅田川对岸的陋巷的素材创作的《墨东绮谭》是他毕生的杰作。

物に追われるような此心持は、折から急に吹出した風が表通から路地に流れ込み、あち等こち等へ突当った末、小さな窓から家の内まで入って来て、鈴のついた納簾の紐をゆする。其音につれて一しお深くなったように思われた。其音は風鈴売が櫺子窓の外を通る時ともちがって、此別天地より外には決して聞かれないものであろう。夏の末から秋になっても、打続く毎夜のあつさに今まで全く気のつかなかっただけ、その響は秋の夜もいよいよまったくの夜長らしく深けそめて来た事を、しみじみと思い知らせるのである。気のせいか通る人の跫音も静に冴え、そこ等の窓でくしゃみをする女の声も聞える。

不知何时突然起了风，它从大街上刮进巷子，东碰西撞，最后从小窗户里闯进家来，踢动了带着响铃的门帘。我那被什么东西追赶着似的心情，被门帘上的铃声骚扰得更不安宁。这种铃声同卖风铃的人棂格窗外经过时发出的铃声不同，是除了这块天地之外的地方绝对听不到的。从夏末到秋季持续不断的酷热使我过去全然没有注意到这种铃声，正因为如此，现在它的响声使我深切地感觉到秋夜正变得越来越长，越来越深。或许是感觉上的缘故吧，行人的脚步声显得清静，这一带的娼妓在窗边打喷嚏的声音也听得见。①

1952年，永井荷风获得文化勋章。1954年，他被选为艺术院会员。1959年4月30日，他因胃溃疡吐血而导致心脏停搏去世。

谷崎润一郎（1886—1965）作为日本近代文坛中首屈一指的大文豪，从明治末期到第二次世界大战的昭和中期，除了战时和战后一段时期之外，一生以旺盛的精力笔耕不辍，创作了大量名篇佳作，其作品以极高的艺术价值在日本国内外广受赞誉。时至今日，谷崎润一郎仍然作为近代日本文学的代表作家之一受到极高的评价。

谷崎润一郎在其文学生涯初期作为唯美主义作家受到关注，其作品中对女性的过度爱恋及受虐情结等常常成为关注的焦点，但他的作品风格、题材、表现方式等在其漫长的创作生涯中经历了各种丰富的变迁。从古典汉语、雅语到俗语方言，他都得心应手，文章端庄秀丽；每部作品都有截然不同的叙述方式，变换自如，巧妙精到。代表作《痴人之爱》（『痴人(ちじん)の愛(あい)』）、《春琴抄》（『春琴抄(しゅんきんしょう)』）、《细雪》（『細雪(ささめゆき)』）等，将男女痴情与时代风俗等题材的通俗性与文体和表现形式的艺术性高度融合，形成了高水平的纯文学杰作，因而受到极高的评价，被称为“大谷崎”。另一方面，他在娱乐性通俗文学领域也留下了不少佳作，如作为今天侦探悬疑作品的先驱性作品、武打动作性历史小说、民间故事风格的幻想奇谈，甚至是怪诞的黑色幽默等。

谷崎润一郎的文学创作生涯大致分为四个时期，第一个时期被称为“唯美主义时期”，是他开始登上文坛的最初三年。第二个时期是大正时期的十年时间，被称为“摩登主义时期”，这一时期，因他初期发表的《刺青》（『刺(し)青(せい)』）和1924年发表的《痴人之爱》等作品多在残酷中展现女性的美和对女性病态的崇拜而被称为“恶魔主义”的代表。这一时期，适逢西洋文化大量涌入日本，谷崎润一郎受到西洋文化及永井荷风的《美国物语》《法国物语》的影响，对西方产生了憧憬。这种憧憬反映在文学上，便是他在这期间创作的《独探》（『独探(どくたん)』）等作品。由于经济等原因，谷崎润一郎一生都没能去

① ［日］永井荷风．濹东绮谭［M］．谭晶华译．上海：上海三联书店，2012：279．

成西方。但他曾两次来到中国，算是实现了踏出国土这一梦想，在中国的上海等地，他发现了西方的影子，满足了他多年来对西方的向往。在那期间前后，他创作了《西湖的月》（『西湖の月』）等充满中国色彩的作品。第三个时期，是“古典回归”的时期（1926—1935 年左右），因 1923 年发生的关东大地震，谷崎润一郎携全家于大正末期搬往关西地区。在这个时期，他的文学创作有了划时代的飞跃，进入了他的创作盛期。在关西浓浓的古典氛围的熏陶之下，他深入接触了日本的古典文学及文化传统，对此有了新的认识，并结束了多年以来对西洋的崇拜，实现了对古典文化的回归。他先是于 1928 年发表了标志着创作风格转折点的《各有所好》（『蓼食う虫』），又于 1933 年发表了《春琴抄》。1935 年起，他开始着手翻译日本古典名著《源氏物语》，这也是他毕生的工作。从 1942 年起开始连载的《细雪》被认为是翻译《源氏物语》的成果，这部作品在途中曾被日本军国主义政府以涣散军心民心为由禁止发行，但谷崎润一郎还是坚持写完了它，先后于 1944 年、1947 年和 1948 年自费将上、中、下卷出版。最后一个时期，为“老熟期”（二战结束后），这时晚年的他虽然饱受高血压折磨，但仍有着旺盛的创作力。他于 1956 年发表了《钥匙》（『鍵』），于 1961 年发表了《一个疯癫老人的日记》（『瘋癲老人日記』）等具有初期的唯美、颓废风格的作品。1965 年，谷崎润一郎因肾衰竭导致心脏衰竭并发去世。

唯美派作为对抗自然主义的阵营之一，可以说是和主张打破陈规旧套、暴露现实的自然主义在发展停滞不前时所产生的颓废化现象步调一致的。但唯美派主张艺术至上、享乐主义，强调官能美，尊重个人主义和人性的自然，充满了自我解放的强烈欲望，给被自然主义文学主导的文坛带来了一股新风，大大推动了日本近代文学的发展，对之后的作家也产生了重大影响。如果说永井荷风是日本唯美主义的创始人，那么将其推向高潮的便是谷崎润一郎。二人通过各自具有特色的作品，为读者带来了新鲜的文学体验与感受，在日本文坛上具有重要的地位，他们的作品至今还在被日本国内乃至国外的读者广泛阅读。

24 追求真善美的统一

——「新思潮派」

当自然主义逐渐衰落时，日本文坛出现了“耽美派”（「耽美派」）和“白桦派”（「白樺派」）。经历了第一次世界大战之后，日本国内形势发生了巨大变化，社会变得动荡不安。唯美派作家打着“美”的旗帜，认为美才是艺术的本质，而贵族家庭出身的白桦派作家以“善”为理想，主张人道主义，提倡追求个性自由发展，但这两个流派都逐渐脱离了现实社会，失去其积极意义。此时，文坛上兴起了一个全新的文学流派，这批新作家既反对自然主义纯客观的描写方法，也对白桦派文学的理想主义表示怀疑，他们主要以第三次和第四次复刊的同人杂志《新思潮》（『新思潮』）为活动据点，因此，这批新作家被人们称为“新思潮派”（「新思潮派」）。自然主义强调“真”，白桦派弘扬“善”，唯美派探寻“真”，新思潮派则追求真善美的统一。

新思潮派的作家们认真审视人生，冷静观察现实，总是对现实生活进行理性的诠释，而且十分讲究写作技巧，注重艺术形式的完美，所以他们也被称作“新现实主义”（「新現実主義」）或“新技巧派”（「新技巧派」）。新思潮派的代表作家主要有芥川龙之介（「芥川龍之介」）、菊池宽（「菊池寛」）、山本有三（「山本有三」）、久米正雄（「久米正雄」）等人。

芥川龙之介是新思潮派的主要作家，出生于东京，原姓新原，出生不久，母亲便发疯，所以他被母亲的哥哥收为养子，改姓为芥川。因为芥川家世世代代都是士族，有浓厚的江户文人家风，文学、美术等都是士族子弟的必修科目，所以芥川龙之介在这种家庭环境的熏陶下，阅读了大量的书籍，其中既有《八犬传》（『八犬伝』）等江户文学，也有《水浒传》《聊斋志异》等中国小说。当升上第一高等学校时，他更广泛地涉猎其他领域的书籍，尤其喜欢泉镜花、幸田露伴、夏目漱石和森鸥外等近代作家。一高毕业后，芥川龙之介顺利考入东京帝国大学（「東京帝国大学」），开始学习英国文学，以此为契机，他对欧美文学产生了浓厚的兴趣，大量阅读了莫泊桑、托尔斯泰等作家的作品。他涉猎文学的范围之广，为他日后的文学创作打下了良好的基础。

大学期间，芥川龙之介正式开始了文学创作，并在久米正雄、菊池宽等人的影响下，共同参与了《新思潮》第三次和第四次的复刊活动。与此同时，他也经历了一段苦涩的爱情。在上大学的第二年时，他爱上了生父家的小保姆，但这段恋情很快遭到了养父母的反对，无奈之下，这段感情以失败告终。在经历初恋被反对的打击之后，芥川龙之介加深了对人性的思索。在 1915 年，他发表了短篇小说《罗生门》（『羅生門』），在当时，这篇作品并没有引起文坛的重视。1915 年年末，经朋友介绍，他开始出席夏目漱石主持的“木曜会”（「木曜会」），后师从于夏目漱石。受恩师的影响，芥川龙之介开始引入西方小说的创作方法及写作技巧，进行了全新的尝试。在第四次《新思潮》的创刊号上，他发表了短篇小说《鼻子》（『鼻』），夏目漱石读到后，表示非常赞赏，并写信鼓励他，这标志着芥川龙之介终于迈出了踏入文坛的第一步。

《鼻子》这部作品描写了主人公禅智内供（「禅智内供」）有个四五寸长的鼻子，时常受到人们的嘲笑，伤害了他的自尊心。他始终为自己的长鼻子感到苦恼，既曾试图摆弄鼻子让其显得短些，也曾试图找个鼻子跟自己一般的人，聊以慰藉，但都失败了。有一天他的徒弟从一个熟稔的医生那里学到了把鼻子缩短的秘方，使用这种秘方后，禅智内供的鼻子终于变正常了，此时他的心情感到异常舒畅。但周围的人们居然表现出一副比以前更好笑的神色，这让他后悔不已。于是他用同样的方法使鼻子变回了原来的样子。芥川龙之介的很多作品都像这样借用一些故事，生动地表现了人们的利己主义心态，批判了人性的自私冷漠，表达了对人性的怀疑。不仅仅是《鼻子》一文，芥川龙之介的作品多取自国内外的一些古文献资料，并且完美地结合了典故的故事内容与近代的心理描写，开辟了近代日本历史小说的新领域。

此外，芥川龙之介个人还受到了19世纪法国的艺术至上主义的影响。他在1917年就通过《戏作三昧》（『戯作三昧』）表达了自己的观点。《戏作三昧》通过主人公曲亭马琴（「曲亭馬琴」）与周围人的互动、马琴本人的心理活动，以及最后婆媳二人对马琴创作活动的不理解，揭示了艺术家的艺术追求与现实之间的一些矛盾。第二年，他又在生活安定下来后创作了代表作《地狱变》（『地獄変』）。在《地狱变》中，主人公良秀作为一名极其优秀却轻视道德的画师，将艺术至上主义践行到了极致。良秀轻视他人，只爱自己的女儿，哪怕在面对堀川大公（「堀川の大殿様」）时，也能傲然地说其他画师不懂丑中的美。大公命其创作《地狱变》屏风，他为了画铁索缠身的人，将弟子用铁索捆绑起来作参照，又怪罪险些伤到弟子的蛇妨碍到自己创作。为了观察被追赶胁迫的人的样子，他放出猫头鹰袭击弟子，自己在一旁描摹。当大公因为嫉恨，借着为良秀提供场景来描摹的机会将良秀的女儿烧死时，良秀作为一个人、一个父亲的情感却尽数展现，但他最终没能救出女儿。最后，良秀在女儿死后完成了《地狱变》屏风，留下这份传世作品后他自杀身亡。而害死良秀女儿的堀川大公也丝毫没有觉得自己赢过了良秀，他将屏风当作宝物保存在府里。每当有人观看屏风时，都会被良秀的精神所影响，感受到地狱的苦难。《地狱变》被认为是芥川龙之介的艺术至上主义倾向表现得最为淋漓尽致的作品。

芥川龙之介总是关注社会的丑恶现象，但鲜有直接对其进行评论的，他常常用细腻的心理活动描写、机智幽默的语言来进行简洁的陈述，这表现出了他独特的艺术风格。但是到了后期，他逐渐改变了自己的创作风格，常常以自身的日常生活为题材，描写身边发生的故事，而且作品更倾向于表达一个正直的知识分子在探讨现实人生时，经历了幻灭之后的苦闷与绝望。《玄鹤山房》（『玄鶴山房』），就讲述了一位已被世人遗忘了的画家堀越玄鹤（「堀越玄鶴」）在临终前与妻子、儿女之间的纠葛关系，这反映了芥川龙之介对人生的绝望，也暗示着旧事物的衰亡和新时代的到来。最终，由于不堪忍受现实生活中接触到的太多的不合理，加上孱弱的身体无法承受这沉重的精神负担，35岁时，芥川龙之介服下安眠药，结束了自己年轻的生命。

新思潮派的另一代表作家是菊池宽，他出生于香川县，大学时就读于京都大学英文学科，读书期间曾潜心研究过英国的近代戏剧，而且与芥川龙之介等人主办《新思潮》，受到各方的瞩目。他标榜“生活第一，艺术第二”，总是努力将近代的合理主义精神运用到市民生活中。早期，他在第四次《新思潮》上发表了《屋上的狂人》（『屋上の狂人』）、《父归》（『父帰る』）等剧本，但未得到认可，直到发表了《无名作家的日记》（『無名作家の日記』），才真正确立了在文坛的地位。菊池宽不像芥川龙之介那样，对人生感到怀疑和苦恼，他作品的特点是描写简洁，结构严谨，心理分析细致，情节设计新颖。1920年，他转变风格开始创作描写当代风俗的大众小说（「大衆小説」），其代表作是在《大阪每日新闻》《东京日日新闻》上连载的小说《珍珠夫人》（『真珠夫人』），这部作品被称为日本版的《罗密欧与朱丽叶》，开创了日本大众文学的先河，并且经久不衰。除创作活动以外，菊池宽还于1923年成立了日本出版界最具影响力的“文艺春秋社”，创办了杂志《文艺春秋》（『文芸春秋』），与此同时成立了“文艺家协会”。此外，他还致力于培养新人，设立了日本纯文学新人奖“芥川奖”（「芥川賞」）和大众文学中坚作家奖“直木奖”（「直木賞」），之后还设立了提倡文化方面的奖项“菊池奖”（「菊池賞」），这些奖项对培养日本文坛的新生力量，提高作家的社会和经济地位起到了一定的作用。

菊池宽虽然和芥川龙之介同属于新思潮派，有大致相同的创作倾向，但两个人的创作道路、艺术风格还是有很大的不同。芥川龙之介壮年早亡、求索未竟，但对现实的生活从未妥协，对无产阶级文学的兴起，虽怯于迎上前去，亦不反对。菊池宽早年的作品所显示的思想也有战斗的气息，但后来日见其后退，而自觉地与无产阶级文学为敌，成了资产阶级的代言人。之后，又堕落成为帝国主义的帮凶。在艺术风格上，芥川龙之介的作品立意多深沉而隐曲，构思超拔奇巧、文字清新精辟。总之，芥川龙之介在技巧上刻意求工，极尽雕琢。菊池宽最初写戏剧，后转写通俗小说，所以就表现来说，不如芥川龙之介那么讲求技巧，文字朴素，主题也多浅露。

新思潮派文学主要表现了一部分小资产阶级知识分子对社会现实不满，但又无可奈何的心态。他们既不轻易拒绝自然主义、白桦派、唯美派等流派，也不盲目随从，而是擅长于吸收各个流派的优点，从新的角度理智地对社会做出新的解释，给日本近代文坛注入了新鲜的血液，成为当时一个重要的文学流派。

日本侦探小说的鼻祖

——「江戸川乱歩と松本清張」

日本的“大众文学”（「大衆文学」）在狭义上，是到了近代，以报纸、杂志等媒体事业的发展为背景才诞生的，在广义上则可包括江户时代的戏作文学等。明治维新以后的日本，人们的娱乐方式、兴趣不断变化，大众文学也不断发展出自己的新面貌。在这当中，侦探小说（「探偵小説」）应运而生。

根据张玲在《日本大众文学的发展与变迁》中的说法，明治后期、大正初期的各种讲谈，以及家庭小说、历史小说、文艺读物等“都可以看作大众文学的萌发阶段”①，日本大众文学诞生于大正中期。在第一批侦探小说家开始活动前，就已经出现了与侦探小说有关联的创作活动。根据叶渭渠的《日本的推理小说及其代表作家》一文介绍，早在江户时代就有井原西鹤模仿中国公案小说创作的《本朝樱阴比事》问世②。在明治维新后，又有黑岩泪香（「黒岩涙香」）编译多部外国古典侦探小说，引起砚友社派恐慌并模仿侦探小说这种形式③。明治末期大正初期，谷崎润一郎、佐藤春夫、芥川龙之介等作家也创作了带有侦探故事性质的作品。④ 此外，黑岩泪香本人更是在1889年发表了日本最早带有近现代侦探小说特点的《无惨》（『無惨』）。而江户川乱步（「江戸川乱歩」）的第一部作品《二钱铜币》（『二銭銅貨』）在1923年4月发表于侦探小说杂志《新青年》（『新青年』）。从时间上讲，可以说

---

① 张玲. 日本大众文学的发展与变迁 [J]. 日本研究，1989（1）：78.
② 叶渭渠. 日本的推理小说及其代表作家 [J]. 读书，1979（4）：137.
③ 叶渭渠. 日本的推理小说及其代表作家 [J]. 读书，1979（4）：137.
④ 叶渭渠. 日本的推理小说及其代表作家 [J]. 读书，1979（4）：137.

从日本近现代的大众文学诞生起，侦探小说就已成为大众文学的重要组成部分。

日本的侦探小说从诞生起经过发展，陆续出现过本格派、变格派、社会派等不同流派，有江户川乱步、横沟正史（「横溝正史」）、松本清张（「松本清張」）、森村诚一（「森村誠一」）、东野圭吾（「東野圭吾」）等著名作家。在二战后，受文字改革的影响，侦探小说改称为“推理小说”，到现在多使用后一种称呼。

江户川乱步是日本开始独立创作侦探小说的作家中本格派的代表。本名平井太郎（「平井太郎」），生于有藩士背景的商人家庭。他对侦探小说的兴趣源于小时候母亲为他读的翻译成日文的欧美侦探小说，后来又读了黑岩泪香等人的作品。这些都成为其日后写作侦探小说的契机。江户川乱步从早稻田大学政治经济学部毕业后，生计并不稳定，但这些都没能阻挡他对侦探小说的喜爱和对创作的追求。一开始他用的笔名是“江户川蓝峰”（「江戸川藍峯」），到 1923 年第一篇成功发表的作品《二钱铜币》时才开始用“江户川乱步”这个笔名。之所以取这样的笔名，是出于对侦探小说鼻祖埃德加・爱伦・坡的钟爱和致敬。

江户川乱步的创作初期正好也是日本侦探小说的发端期，他主要创作带有一定欧美侦探小说色彩的短篇作品。他的作品因为注重案件谜题本身和破案过程中的逻辑推理，与其他作家的类似作品一起被归类为本格派。但在当时，他的一些作品在诡计的设计、逻辑推理的层面上还处于初创阶段，显得较为粗糙。与此同时，在这个时期他的作品反而显现出一些与后来的本格派定义不同的特色。具体表现为：对人的心理状态、犯罪者本人视角等与破案、推理无关内容的大段描写；对感官感受，主要是视觉与触觉感受的大量表现；对人性的复杂性和恶的展现等。这些特点在《双胞胎》（『双生児』）、《人间椅子》（『人間椅子』）、《火星运河》（『火星の運河』）等初期作品里得到淋漓尽致的体现，综合起来对作品中阴森恐怖或离奇怪异氛围的渲染起到了极大作用。它们被后继作家们以不同方式继承了下来。

从 1925 年起，以《D 坡杀人事件》（『D 坂の殺人事件』）为开端，江户川乱步开始创作著名的明智小五郎（「明智小五郎」）系列。尽管明智小五郎刚出场时其貌不扬，但作者最终将他塑造成了一位思维敏捷，精通格斗、伪装等技艺，在同罪犯周旋的过程中总是游刃有余的西化绅士形象。此系列贯穿江户川乱步创作生涯的各个阶段。他日后被归类为本格派的一些特点在当中被着重体现，在罪犯的诡计设计、侦探的推理过程和逻辑这些方面笔墨增多。并且出于大众文学迎合读者的需要，明智小五郎从贴近本格派作品的侦探形象渐渐转变为受一般读者喜爱的偶像形象。但即使如此，像《顶阁里的散步者》（『屋根裏の散歩者』）这样的作品依旧表现出上述特点，体现了江户川乱步观察时代社会的敏锐眼光。

《顶阁里的散步者》中，主人公乡田三郎（「郷田三郎」）是一个百无聊赖、对生活中一切事物都提不起兴趣的病态青年。他在咖啡馆偶然结识明智小五郎，并因此对各种犯罪故事产生了兴趣。他购买了大量有关犯罪的书，在不断地阅读中想象自己也成为像书中那样“光彩夺目”的犯罪者。但由于胆怯，他只能在浅草的街上进行各种模仿犯罪的游戏来自娱自乐。而当他对这种模仿失去兴趣后，他又开始寻找其他手段排解无聊。直到有一天，他突发奇想，开始在壁橱中睡觉。这时他被天花板的异样吸引，推开后发现一个通往顶阁的洞。他因好奇心驱使进入了顶阁，被当中复杂诡谲的景象吸引，从此不分昼夜地开始在顶阁里“散步”。在这当中，随着犯罪欲望的重燃，他开始自己的猎奇探险，通过顶阁偷窥别人的隐私。他看到了许多人在独处时与平时不同的丑陋一面，并且注意到了房客之间各种不可告人的关系。他偶然进入一个叫远藤的房客的房间，并在观察远藤睡相的过程中萌发了杀人的冲动。乡田三郎计划使用远藤原本准备自杀用的吗啡来实施犯罪，却发现因计划漏洞无法进行。于是他怀揣解脱一般的心情继续每天的顶阁“散步”，却把毒药一直带在身边，最终等到合适的机会成功投毒。远藤被判定为自杀，乡田三郎的心境亦不断变化，“散步”也停止了。此时，明智小五郎再次登场，并坦言发现了乡田三郎的“散步”爱好。在两人面对面的交谈中，明智小五郎阐述了自己暂时缺乏证据的推理过程，留下乡田三郎会自首的断言后离开。而独自一人的乡田三郎最终木然地开始对被执行死刑时的心情感到好奇。

全文在表现出本格派侦探小说特征的同时，将江户川乱步大段描写犯罪者心理活动、大量出现视觉感受描写的个人特色也展现了出来。主人公乡田三郎具有江户川乱步塑造的众多罪犯角色所共有的一些特征——异于常人的心理、猎奇兴趣。同时他也是近代资本主义社会背景下诞生的游荡者形象的具体体现。他通过乔装改扮、隐藏在顶阁等方式完成了自己与大众脱节、能够单方面观察他人的一步。他对新事物不断追求和厌倦的过程，配合他所观察的房客身上体现的人生百态，也从侧面展现了当时日本社会日新月异却又曲折的发展过程。可以说，江户川乱步的作品虽然归属于大众文学，却也是通过他对周围人的生活、对日本社会的观察而得到的产物。

1927 年，因遭到报刊文章批评文笔粗糙，无法忍受的江户川乱步宣布封笔，他的创作生涯初期就此结束。而仅仅一年后，他就在好友鼓励下重新开始写作。他于 1928 年 8 月开始在《新青年》连载中篇作品《阴兽》（『陰獣』），以这篇追求转型却又继承前期特色的作品作为自己第二段独立创作生涯的开始。在此阶段他也大量创作了明智小五郎系列作品，并让其与各类充满个性的奇特罪犯斗智斗勇，成为当时颇受读者欢迎的英雄偶像。同时，他也有像《与画同行的男人》（『押絵と旅する男』）这样的非侦探小说作品问世。但无论是不是侦探小说，江户川乱步的文字都有大量对视觉感受的华丽描写，这与当时的社会发展、摄影技术的进步等因素是分不开的。

1932 年，因无法忍受批评，江户川乱步再次宣布封笔，但在好友横沟正史的劝说下又重新开始创作。从 1936 年 1 月起，他开始连载《怪人二十面相》（『怪人二十面相』）。也许是为了躲避审查，以此为契机他又开始创作面向青少年读者的少年侦探团系列。围绕明智小五郎、怪人二十面相、少年侦探团的小说创作一直持续到江户川乱步的晚年，此系列成为日本大众文学领域的经典之作。

战争期间，侦探小说创作遭到日本法西斯当局限制乃至禁止。江户川乱步对于当局对文学的限制感到不满，以封笔进行沉默对抗。直到二战结束后，江户川乱步重返文坛，同时以评论家身份开始活动。他创办了侦探小说杂志《宝石》（『宝石』），在 1947 年出任新成立的侦探作家协会（「探偵作家クラブ」）会长。在 1954 年又出资设立“江户川乱步奖”（「江戸川乱歩賞」）鼓励新人，以此推动日本侦探小说事业的发展。他的创作一直持续到 60 年代，直到因身体条件不再允许才停止。

在日本侦探小说的发端期江户川乱步为其今后的发展做出了巨大贡献。他的作品影响了后继的许多日本推理作家，使日本的侦探小说/推理小说发展出了不同于别国的特色。他的努力也使侦探小说在日本大众文学领域占据了重要地位。同时，他还积极与日本以外的推理作家交流，为不同国家侦探小说/推理小说作家之间的沟通做出了贡献。

以松本清张为代表的一些作家在战后开创了社会派推理小说这一门类。所谓社会派推理小说，是指相对于本格派重视诡计设计、逻辑推理的一面，更增加了对犯罪者的犯罪动机、犯罪背后的社会原因等现实因素的讲述乃至更侧重于这些因素的推理小说。这些特点使得社会派带有过去侦探小说少有的社会性，有着批判现实社会的一面。这与战后日本经历民主化改造后成为资本主义世界成员的背景不无关联。

松本清张出生于福冈北九州市，幼年时家境贫寒，最终辍学谋求生计。1943 年作为卫生兵入伍被派往朝鲜屯驻，直到战后回国，在涉足文坛前又因生计困难开始批发扫帚。松本清张终其一生也只有小学学历。他出生于 1909 年，到获得芥川奖、作为新人进入文坛时已经是 1953 年，可谓大器晚成。他成名前经历曲折，出道方式也与众不同——作为日后的推理作家，却是以得到芥川奖这个纯文学奖项的方式进入文坛。

松本清张获得芥川奖、标志着他正式踏入文坛的作品是《某〈小仓日记〉传》（『或る「小倉日記」伝』）。其实在 1951 年，他就以处女作《西乡纸币》（『西郷札』）成为过直木奖候选人。这两部作品均是短篇，一部描写一个先天罹患神经病症的残疾主人公与森鸥外相关联、充满激情与失意的一生，另一部则是以明治时期的历史为背景，讲述平民主人公被官僚陷害的故事。虽然此时他还创作带有历史小说色彩及纯文学的作品，但上述作品中，前者涉及战时、战后等现实因素对主人公的影响，后者更是将主人公等一群平民与官僚之间的矛盾直接凸显了出来。日后社会派推理小说的现实批判倾向，在这时候就已经显现了出来。

松本清张在青少年时期便有了阅读文学作品的爱好，除了纯文学作品外，他还喜欢读江户川乱步在《新青年》上发表的侦探小说。此外，他还有过阅读无产阶级文艺杂志的经历。这些阅读经历，均为他日后创作社会派推理小说提供了营养。

1955 年，以《埋伏》（『張込み』）为标志，松本清张正式开始推理小说的创作。1957 年，他获得了"日本侦探作家协会奖"（「日本探偵作家クラブ賞」），同年开始连载代表作之一的长篇小说《点与线》（『点と線）』）。

《点与线》由一次看上去似是政府官员佐山宪一（「佐山憲一」）和餐厅女招待阿时（「おとき」）的殉情案件而展开。探员鸟饲重太郎（「鳥飼重太郎」）怀疑背后另有隐情而展开调查，同时报刊文章也认为佐山宪一之死和政府部门中的贪污事件有联系。两名死者的亲属前来认领时，佐山宪一的身为银行分行经理的兄长，认为阿时断送了佐山宪一的一生，对阿时和她的亲属直言不讳地表达了憎恶之意。鸟饲重太郎在送走死者亲属后回到现场调查，返回警察署后遇到从东京警视厅前来的警司三原纪一（「三原紀一」），后两人一同调查和推理。其间三原纪一告诉鸟饲重太郎，佐山宪一是贪污事件最重要的证人兼疑犯，在佐山宪一死后，很多人显得很高兴，东京警方对此感到怀疑。两人交流想法后三原纪一回到东京继续调查，将怀疑目光投向了阿时工作餐厅的常客——商人安田辰郎（「安田辰郎」）身上。他与科长就安田辰郎和贪污事件的关系开始追查。在鸟饲重太郎、东京及福冈警方的共同调查下，最终发现死者是被安田辰郎与妻子亮子（「亮子」）设计陷害，而安田夫妇也是因为与佐山宪一的上司勾结，为了让其在日后为交易提供便利而出手帮助。同时，三原纪一在最后给鸟饲重太郎的报告中提到对案件的追查因安田夫妇畏罪自杀而停止，而佐山宪一的上司虽因贪污事件停职，却因调动而实际相当于高升，与案件相关的另一官员也得到了升职。一场涉及腐败与谋杀的案件就此不了了之，涉案官员依旧逍遥法外。

松本清张的许多作品都影射了当时日本社会的现实状况。在《点与线》中，他对官商勾结、权力凌驾于法律之上的腐败现实进行了暴露，还描述登场人物之间的社会关系，表现出了普通人在权力面前的无力与无奈。同时，这部作品在发挥现实批判效果的同时，也保留了相当多的推理小说特征，在设计诡计、对破案过程中抽丝剥茧不断推理接近真相的描写也堪称优秀。最后，《点与线》还带有松本清张作品的一贯特征，那就是淡化对感官刺激的描写，使读者的注意力都放在破案过程及黑幕所揭示的社会现实上。

《点与线》在1958年正式出版，并与同年出版的《眼之壁》（『目の壁』）一起大受欢迎。在进入60年代前，松本清张还创作了《零的焦点》（『ゼロの焦点』）、《小说帝银事件》（し『小説帝銀事件』）等著名作品。其中，《零的焦点》着眼于战后迫于生计而服务美军的日本妇女，描绘了一个饱受摧残、走向犯罪道路的可悲女性形象；《小说帝银事件》则以1948年实际发生过的投毒杀人事件（帝银事件）为题材，对已经被下达法庭判决的案件重新推理，表达了对草率断案判决行为的不满。

进入60年代以后，松本清张相继创作了《日本的黑雾》（『日本の黒い霧』）、《砂之器》（『砂の器』）等代表作，在过去的基础上继续发展，对社会现实的不公乃至政治背后的黑幕进行了直接的批判。《砂之器》中，罪犯的杀人动机也引人深思。

1963年，松本清张接替江户川乱步成为日本推理作家协会（江户川设立的侦探作家协会即为其前身）理事长，在推动日本推理小说事业发展中做出了贡献。他还关注历史、政治领域，或以其为题材创作小说，或撰写评论，或出国访问，抛开推理小说作家这个身份之外也不停活跃着。他的创作和活动跨越了纯文学、大众文学的界限，为日本文学的发展道路揭示了一个方向。1990年，他因“开创社会派推理小说、发掘现代史等多年广范围的作家活动”而获得1989年度“朝日奖”（「朝日賞」），该奖项旨在表彰在各领域有杰出成绩、为文化社会发展做出大贡献者。

松本清张虽然是江户川乱步的读者，但因为与后者不同的人生轨迹而拥有了不同的创作风格。江户川乱步是为日本侦探小说在发端、草创阶段做出巨大贡献的开创者。他的作品虽然大多偏向大众文学风格，且有文笔粗糙的问题，但因其高产、影响力巨大，成为侦探小说在日本大众文学领域占据重要一席的原因之一。他对感官描写的重视和对罪犯病态心理的描绘在当时别具一格，并对后来的作家产生了影响。

而松本清张则是在经历战前、战后两个人生阶段后才有了成功的小说创作，除了推理小说外，在其他领域也有大量作品问世。他在小说中会融入自己对历史、社会、政治、文学、道德等各方面的思考，为社会派推理小说塑造了不同于一般大众文学作品的一面。他对纯文学也有涉足，并且以纯文学奖项——芥川奖为契机登上文坛。在松本清张这里，日本的纯文学和大众文学之间的隔阂受到了挑战。

日本近现代的侦探小说，从诞生起便在日本大众文学领域占据重要位置。在经历江户川乱步等人在战前的活跃后，由松本清张在战后开创社会派的新领域，并有了新的发展。如今，日本依然有新的推理小说作家陆续登上文坛，为推理小说这一文学门类提供着新鲜血液。

26 转型期的近代文学
——「芸術派」

昭和初期，日本文坛出现了一批受西方前卫艺术思想影响的作家，他们在否定文坛既有的“自然主义”等流派的同时，还对抗政治色彩浓厚的无产阶级文学，文学史上称之为“艺术派”（「芸術派」）。所谓艺术派，其实包括了“新感觉派”（「新感覚派」）、“新兴艺术派”（「新興芸術派」）和“新心理主义”（「新心理主義」）三个流派。

首先，新感觉派是一个以小说创作为主的文学流派。1924年，《文艺时代》（『文芸時代』）刊物的问世，代表这个流派的真正诞生。著名评论家千叶龟雄（「千葉亀雄」）同年在杂志上发表了《新感觉派的诞生》（「新感覚派の誕生」），指出新感觉派具有的感觉，比以前表现出的任何感觉艺术都新颖，并且在词汇、韵律节奏感等方面极其生动。由于受法国“达达主义”（「ダダイズム」）、意大利“未来派”（「未来派」）、德国“表现派”（「表現派」）等影响，新感觉派作家们反对传统写实的描写方法，他们不再主张通过视觉进入知觉、把握客观规律来认识世界，而重视主观和直感的作用，主张追求新的感觉和对事物全新的感受方法，试图通过主观感受来反映客观世界。

新感觉派的核心人物是横光利一（「横光利一」），他出生于福岛县，之后跟随母亲在三重县度过了童年。中学毕业后，他就读于早稻田大学，但没多久就因长期缺课被开除学籍。早期，他参加菊池宽创办的《文艺春秋》（『文芸春秋』），发表了一系列作品，引起了文学界关注，其中，小说

《苍蝇》（『蝿』）是其代表作。

> 真夏の宿場は空虚であった。ただ眼の大きな一匹の蠅だけは、薄暗い厩の隅の蜘蛛の巣にひっかかると、後足で網を跳ねつつしばらくぶらぶらと揺れていた。と、豆のようにぼたりと落ちた。そうして、馬糞の重みに斜めに突きたっている藁の端から、裸体にされた馬の背中まで這い上がった。(『蝿』冒頭)

> 盛夏的驿店非常空荡。只有一只大眼蝇挂在昏暗的马厩一隅的蜘蛛网上。它用后脚蹬着蜘蛛网，摇荡了一阵后，接着就像豆粒般啪的一声掉落下来。然后它从被马粪压弯了的稻草的一端，又爬上了赤裸的马背上。①

《苍蝇》这部小说通过大眼蝇的特殊视觉，关注人在不同境遇下的内心世界，并折射了马车上人与人之间的尖锐矛盾。整部作品采用巧妙的比喻、外在与内在结合、平面与立体交错，以及拟人化手法，赋予了主观事物生命。而1928年至1931年间创作的《上海》（『上海』），则是新感觉派文学创作风格的集大成之作，同时也是横光利一文学的最高杰作，正是《上海》使新感觉派的时代成为横光利一的时代。这部作品主要以横光利一旅居上海期间目睹“五卅事件”的情景为题材，通过描写个人的心情、感受，以此来反映当时处于半殖民地的上海的混乱和颓废。

此外，川端康成也是新感觉派的代表人物，但与横光利一不同，他主要给新感觉派打下了坚实的理论基础。他指出，新感觉主义的工作在于革新文艺，如果没有新表现、没有新感觉，也就没有新内容。虽然他也创作了《春天的景色》（『春景色』）、《浅草红团》（『浅草紅団』）等带有新感觉主义色彩的作品，但与其他新感觉派作家不同，川端并不完全批判无产阶级文学。

总体来说，新感觉派文学提倡文体革命运动，在打破文坛停滞状态，冲

① 笔者译。

破旧束缚上取得了显著成就，但由于它脱离了日本的实际情况，而一味盲目效仿西方达达主义等文学技法，所以新感觉派运动犹如昙花一现般陷入了绝境。于是，《文艺时代》于 1927 年宣布停刊，新感觉派明显走向解体，而横光利一等代表作家也逐渐转向了其他流派。

当新感觉派逐渐分化瓦解时，文坛上出现了一股新风，文学史上称为新兴艺术派。此流派的主要成员继承了新感觉派对抗无产阶级文学的方针，只是与新感觉派不同，这批作家不仅在技术上与之抗衡，而且试图从政治上直接挑战无产阶级文学。1929 年，浅原六郎（「浅原六郎」）、加藤武雄（「加藤武雄」）等 12 人聚集在中村武罗夫（「中村武羅夫」）周围，组成了“十三人俱乐部”（「十三人倶楽部」）。在此基础上，1930 年，舟桥圣一（「舟橋聖一」）、井伏鳟二（「井伏鱒二」）、梶井基次郎（「梶井基次郎」）等人加入此俱乐部，并将其改组为“新兴艺术俱乐部”（「新興芸術倶楽部」）。

新兴艺术俱乐部成员在文坛上最具影响力的是井伏鳟二，他出生于广岛县，原名满寿二（「満寿二」），早年曾就读于广岛县福山中学，之后就读于早稻田大学文学部，但因好友的早逝而深受刺激，便于 1922 年退学。为了纪念这位挚友，井伏鳟二创作了《鲤鱼》（『鯉』）、《山椒鱼》（『山椒魚』）等小说，并以此为契机踏入文坛。作为新兴艺术派成员之一，他深受西方现代文学影响，这时期创作的作品多采用象征手法，充满了遐想。如成名作《山椒鱼》便描写一条住在河边岩洞的山椒鱼，某天突然发现自己的头部长得过于肥大，再也无法从洞口出去，它试图改变自己的处境，但均以失败告终。一天，一只青蛙落入洞中，山椒鱼恶意堵住洞口，不让它出去。但两年后，这两个生物在争执与嘲讽中最终陷入了绝望和疲倦。总体来说，这部作品风趣幽默，井伏鳟二通过描写山椒鱼的滑稽来折射、讽刺人类的愚昧。

山椒魚は悲しんだ。

彼は彼のすみかである岩家から外へ出てみようとしたのであるが、頭が出口につかへて外に出ることができなかったのであった。いまはもはや、彼にとって、永遠のすみかである岩屋は、出入り口のところがそんなに狭かった。そして、ほの暗かった。強いて出ていこうと試みると、彼の頭は出入り口を塞ぐコロップの栓となるにすぎなく、それはまる二年の間に彼の体が発育した証拠にこそはなったが、彼を狼狽させかつ悲しませるには十分であったのだ。

「何たる失策であることか!」(『山椒魚』冒頭)

山椒鱼十分悲伤。

它试图从居住的岩洞游到外面去，但头部卡在了洞口，没能游出去。这岩洞现在已经成为它永久的栖居地，洞口是那样的狭窄，而且光线昏暗。它尝试强行游出去，结果脑袋堵塞住洞口，就像变成软木塞的栓塞一样，只是证明它这两年间身体的发育成长而已，这足以令它感到狼狈及悲伤。

“多么的失策啊!”①

新兴艺术派没有明确的文学主张，也没有指导性的文学理论，大多数作品仅停留在描写颓废、享乐生活的层面，与当时社会的浮华、不安保持了一致，且文体上透露出浓重的装饰色彩。于是，新兴艺术派在兴起的第二年便开始分化，而井伏鳟二也转向创作现实主义风格的作品，开始描写善良的劳苦群众的生活。

在新兴艺术派逐步解体后，以伊藤整（「伊藤整（いとうせい）」）和堀辰雄（「堀辰雄（ほりたつお）」）为代表的新心理主义崛起，他们引入乔伊斯、普鲁斯特的新心理主义方法，追求意识流，并试图艺术地表现人类的深层心理。这些新心理主义作品的特点是：“（一）广泛借鉴西方现代主义习惯使用的象征、隐喻、内心独白、意识流等手法，对人物的描写上升到内心的审美层次；（二）这些作品是以现实生活作为基础，它们反映的人物的心理、心态、意识、情绪等均是现实生活在人物心灵中的反映和折射，虽然存在淡化时代的倾向，但还是具有一定社会内涵；（三）从探索人生意义出发，描写了人物心灵的孤独、心理的

① 笔者译。

变态、感情的痛苦，以开拓人物更为深沉的心灵世界。”①

伊藤整是新心理主义文学运动的开拓者，出生于北海道小樽，曾就读于小樽高等商业学校，之后进入东京商科大学深造。早期，他出版诗集《雪灯之路》（『雪明りの路』），随后又开始小说创作。作为新心理主义的倡导者，他翻译介绍了乔伊斯的《尤利西斯》，并从事意识流、内心独白等小说方法的理论研究，发表了评论集《新心理主义文学》（『新心理主義文学』）。在这些理论基础上，伊藤整还进行实践，创作了代表作《幽鬼街》（『幽鬼の街』）和《幽鬼村》（『幽鬼の村』），用第一人称描写了自己青少年时期进入魔窟，遇见变成幽鬼的熟人的故事。这部作品明显模仿乔伊斯的《尤利西斯》，并揭示了伊藤整内心的原罪意识和自我解体，给文坛带来了较大冲击，同时也提高了伊藤整在文坛的地位。

新心理主义的另一代表人物是堀辰雄，他出生于东京，从小喜欢法国的象征派诗歌，1925 年至 1929 年在东京大学学习国文学，之后发表了著名的心理小说《神圣家族》（『聖家族』），并正式登上文坛。他创作这部小说的原因之一，是恩师芥川龙之介的自杀。整部作品描写了青年河野、寡妇细木和女儿绢子三个人物，围绕作家九鬼的自杀而展开各种现实及心理活动。这部小说模仿了拉迪盖的小说《德·奥热尔伯爵的舞会》，心理分析上很有新意，被誉为昭和初年日本心理主义文学的代表作。他的中篇小说《风乍起》（『風立ちぬ』）在中国也广为人知，还被日本动画大师宫崎骏改编成同名电影，搬上大银幕。

風立ちぬ、いざ生きめやも。

ふと口を衝いて出て来たそんな詩句を、私は私にもたれているお前の肩に手をかけながら、口の裡で繰り返していた。それからやっとお前は私を振りほどいて立ち上って行った。まだよく乾いてはいなかったカンバスは、その間に、一めんに草の葉をこびつかせてしまってい

① 叶渭渠，唐月梅. 20 世纪日本文学史［M］. 青岛：青岛出版社，2004：189.

た。(『風立ちぬ』)

风乍起。合当奋意向人生。

我将手搭在依偎着我的你的肩头，口中反复吟诵着这行陡然脱口而出的诗句。然后你终于挣脱我，起身离去。尚未干透的画布在此期间已然沾满了草叶。①

与新感觉派、新兴艺术派相比，新心理主义更加系统地引入了西方的创作方法，是三个流派中最具实力的，并且在理论上、创作上均取得了丰硕的成果。

新感觉派试图采用20世纪新的文学方式，来冲破明治维新以来的传统文学的表现手法，作品不以塑造典型的人物形象为主旨，而是创造一种新的印象和感觉，将城市生活和机械文明现象描绘出来，在感觉和表现方法上下功夫。而新兴艺术派的文学，是自我陶醉乃至逃避的，是狭隘而偏重技巧的，甚至表现了城市文化的颓废和堕落的一面。总之，在日本近代文学史上，统称为艺术派的这三个流派，虽然存在时间不长，但这群作家引入了西方所有新的文学理论或作品，使当时的文坛几乎与西方文学保持了同步发展，并给日本文学的存在形态与发展带来了较大影响。

① ［日］堀辰雄. 起风了［M］. 施小炜译. 上海：华东理工大学出版社，2015：5.

27 服务于政治的写作

——「プロレタリア文学」

从明治维新开始，日本大量引进了西方先进技术和思想，促使国内产业革命取得了长足发展，于是 20 世纪初期，日本迅速跻身资本主义列强行列，随后又卷入为重新瓜分世界和争夺全球霸权而爆发的第一次世界大战。战后立刻爆发了世界范围的经济危机，这一国际形势，虽然激化了日本国内矛盾，却促进了日本工农运动的蓬勃发展。

1921 年，小牧近江（「小牧近江」）、金子洋文（「金子洋文」）等人，受到俄国十月革命和社会主义思想的影响，高举反对资本主义的旗帜，创办了文学杂志《播种人》（『種蒔く人』），这标志着日本无产阶级文学（「プロレタリア文学」）运动正式拉开了序幕。这一时期的重要理论家平林初之辅（「平林初之輔」）在文章中指出，无产阶级文学运动只能通过阶级主力——无产阶级与资产阶级的决胜来取得成功。但在 1923 年，日本发生关东大地震，统治者当局借机镇压左翼运动，《播种人》被迫停刊。时隔不久，日本诞生了更富革命性的文艺杂志《文艺战线》（『文芸戦線』），青野季吉（「青野季吉」）是这个时期较活跃的理论家，他主张应以马克思主义思想来统一无产阶级文学运动，与此同时，叶山嘉树（「葉山嘉樹」）、黑岛传治（「黒島伝治」）在文艺创作中取得了丰硕成果。

1925 年年末，抱有共同志向的文艺工作者们，以《文艺战线》为中心，建立了“日本无产阶级文艺联盟”（「日本プロレタリア文芸連盟」），简称“普罗联”（「プロ連」），实现了无产阶级文学史上的第一次联合。但一年后，

“普罗联”实行改组，改名为“日本无产阶级艺术联盟”（「日本プロレタリア芸術連盟」），简称“普罗艺”（「プロ芸」），并开除了非马克思主义者。由于内部矛盾的进一步激化，藏原惟人（「蔵原惟人」）、青野季吉等人被排斥出“普罗艺”。于是，他们另立门户，以《文艺战线》为机关杂志，成立了“劳农艺术家联盟”（「労農芸術家連盟」），简称“劳艺”。但“劳艺”内部在政治上也逐渐产生分歧，几个月后藏原惟人等人宣布退出，另成立了“前卫艺术家同盟”（「前衛芸術家同盟」），简称“前艺”，并创办杂志《前卫》（『前衛』）。

经历了多次分裂、联合后，左翼艺术家们逐渐意识到统一战线，共同与资产阶级艺术作斗争，才是当下的主要任务，于是 1928 年，几个分裂的团体联合成立了“全日本无产者艺术联盟”（「全日本無産者芸術連盟」），创办杂志《战旗》（『戦旗』），终于实现了日本无产阶级艺术团体的大团结。这在无产阶级文学运动历史上，具有重大的转折意义，之后不久，无产阶级文学在创作方面迎来了前所未有的盛况。

无产阶级文学运动初期的主要代表作家是叶山嘉树，他出身于福冈县一个小官吏家庭，曾在早稻田大学文科预科学习，但一年后便退学了。之后，他做过见习水手、水泥厂工人、图书管理员、记者等兼职。在兼职的过程中，他接触到无产主义思想并深受其影响，积极参加工人运动，在多次被捕入狱后仍坚定地加入了“普罗联”。他的作品《水泥桶中的信》（『セメント樽の中の手紙』），描写了一个水泥工人不慎掉进水泥厂机器里，被碾碎，又在砖窑里被烧成水泥的悲惨故事，深刻揭露了资本家只顾追求资本、不顾工人生命的罪恶。而他的另一作品《生活在海上的人们》（『海に生くる人々』），则是根据生活体验创作的，这部小说描写了第一次世界大战时期日本船员们的悲惨生活及他们自发的斗争过程。它集中反映了当时日本资本主义社会的尖锐矛盾及斗争形势，在思想性和艺术性方面有较高成就，并且被誉为日本早期无产阶级文学的奠基作品，极大程度上影响了之后的无产阶级作家。

松戸与三はセメントあけをやっていた。外の部分はたいして目だたなかったけれど、頭の毛と、鼻の下は、セメントで灰色に覆われていた。彼は鼻の穴に指を突っ込んで、鉄筋コンクリートのように、鼻毛をしゃちこばらせている、コンクリートをとりたかったのだが一分間に十才ずつ吐き出す、コンクリートーミキサーに、まに合わせるためには、とても指を鼻の穴に持っていく間はなかった。

彼は鼻の穴を気にしながらとうとう十一時間、——その間に昼飯と三時休みと二度だけ休みがあったんだが、昼のときは腹のすいてるために、も一つはミキサーを掃除していて暇がなかったため、とうとう鼻にまで手が届かなかった——の間、鼻を掃除しなかった。彼の鼻は石膏細工の鼻のように硬化したようだった。(『セメント樽の中の手紙』)

松户与三正在往里倒水泥呢。其他的部分并不怎么显眼，头发和鼻子的下方都被水泥的灰色所覆盖。他想把手指伸进鼻孔清除使鼻毛变得像钢筋混凝土一样的水泥，但是水泥搅拌机每分钟搅拌出 20 多立升的水泥，因此要跟上搅拌机，可没有什么时间用手指去掏鼻孔。

他一边介意着鼻孔里的水泥一边干活，最终过了 11 个小时——其间只有午饭和下午 3 点的小休。午饭的时间很饿，3 点的时候又要清理搅拌机，没有时间把手伸到鼻子那里——也没有清理鼻子。他的鼻子已经像石膏一般地硬化了。①

无产阶级文学运动的另一代表作家是德永直（「徳永直（とくながすなお）」），他的长篇处女作《没有太阳的街》（『太陽（たいよう）のない街（まち）』）被评为无产阶级文学的双壁之一。他从小生活在熊本县的一个贫农家庭，小学未毕业就辍学开始工作，曾当过印刷厂学徒、米店伙计、卷烟厂工人。1926 年，他工作的印刷厂爆发了震惊全国的大罢工，时间长达两个多月。当时他担任印刷厂工会干部，并且在罢工中起了积极的领导作用。以此次罢工为题材，1929 年，德永直发表了长篇处女作《没有太阳的街》，描写了生活在没有太阳的简陋屋子里的工人们

① 周国明，李娜. 日语阅读精选 2［M］. 天津：天津大学出版社，2003：52.

采取占领工厂、破坏机器等方式进行大罢工，尽管受到警察的镇压，并遭遇了背叛，但工人们强烈表达了坚持继续斗争的决心。这部作品广泛反映了日本战前尖锐的阶级矛盾，细腻描写了工人有组织的罢工斗争，塑造了站在罢工斗争第一线的革命者形象，显示了日本无产阶级文学的新成就。

创作无产阶级文学双璧的另一作品《蟹工船》（『蟹工船』）的作者是小林多喜二（「小林多喜二」），他既是日本无产阶级文学的奠基人，也是日本无产阶级文学运动的领导人之一。小林多喜二出身于秋田县一个贫苦农民家庭，由于生活贫困，在他 4 岁时全家迁往北海道小樽，投靠开面包作坊的伯父，勉强维持生活。小林多喜二从小参加劳动，过着半工半读的生活，并在伯父的资助下，上了小樽高等商业学校。求学期间，他广泛阅读西欧和俄国的近代文学，并受《播种人》的影响，对文学产生了浓厚兴趣，且形成了自己的思想和艺术观。随着全国革命形势的进一步发展，1926 年至 1927 年，北海道也掀起了波澜壮阔的工人罢工、农民抗租的斗争，小林多喜二参加罢工，目睹了资本家的横暴，并在此过程中加深了对革命的认识，于是他开始对自己的思想和创作进行反思。1928 年 3 月 15 日爆发了镇压工农运动的“3・15 事件”，全国许多革命者、共产党员遭到逮捕和迫害，这更激起了小林多喜二的义愤。以此为契机，小林多喜二加入了“全日本无产者艺术联盟”，全身心投入无产阶级革命运动，走上了无产阶级文学的道路。

在此次事件发生后的三个月，小林多喜二创作了中篇小说《1928 年 3 月 15 日》（『1928 年 3 月 15 日』），描写了革命家在敌人野蛮暴行前表现出的不屈气概，揭露了天皇制国家政权的本质，这成为小林多喜二的第一部成功之作。之后，小林多喜二遭到了反动当局的查禁，但他毫不畏惧，在参加小樽工会重建工作的同时，更积极地投身到革命运动中去。

1929 年 3 月，无产阶级文学史上具有划时代意义的《蟹工船》诞生了。故事描写了蟹工船的渔工们受到资本家的野蛮剥削，过着非人般的生活，但他们在接受革命思想洗礼后，开始了与监工浅川（「淺川」）及其他恶势力斗争的故事。虽然最后浅川引来帝国军舰对罢工进行镇压，此次斗争最终以渔工们的失败告终，但渔工们提高觉悟，总结失败经验，满怀信心地表达了面临全新挑战的决心。这部作品真实地描写了渔工们从分散到团结，从落后到觉悟，直至最后有组织进行斗争的过程，而且深刻揭露了日本帝国主义阶段资本主义的残酷本质，也展示了无产阶级在压迫下，必须觉醒并奋起斗争才能取得胜利的趋势。

「俺達には、俺達しか、味方が無えんだな。初めて分かった。」

「帝国軍艦だなんて、大きなことを云ったって大金持ちの手先でねえか、国民の味方？をかしや、糞喰へだ！」

水兵達は万一を考へて、三日船にゐる。その間中、上官達は、毎晩サロンで、監督達と一緒に酔い払ってゐるた。「そんなものさ。」

いくら漁夫達でも、今度といふ今度こそ、「誰が敵」であるか、そしてそれ等が(まったく意外にも！) どういう風に、お互いが繫がり合っているか、といふことが身をもって知らされた。(『蟹工船』)

“我现在才明白，咱们只有依靠自己，再没人帮咱们了。”

“什么帝国军舰，叫得倒漂亮，其实还不是大资本家的走狗。什么帮助老百姓，笑话，去他妈的吧。”

水兵们为防备万一，在蟹工船上驻了三天。这期间，军官们每天晚上在餐厅同监工他们一起喝得酩酊大醉。“他们就是这样一帮家伙呀。”

不管渔工们多么愚昧，这一回，也只有这一回，才亲身体会到“谁是敌人”，而这些敌人（完全出乎意料的！）又是如何勾结在一起的！[①]

1930年，小林多喜二迁居至东京，花费更多的时间和精力从事无产阶级文学创作，并不顾形势的严峻，于1931年加入了日本共产党，创作了《党生活者》（『党生活者（とうせいかつしゃ）』）、《地区的人们》（『地区（ちく）の人々』）等作品。1933年，由于叛徒告密，小林多喜二在东京街头进行地下联络工作时被特高警察逮捕。经受严刑拷打时，他仍然坚持斗争，英勇不屈，最后由于伤势过重牺牲了，年仅30岁。

小林多喜二被杀害后，绝对主义天皇制国家权力进一步加强镇压，日本

① ［日］小林多喜二. 蟹工船［M］. 叶渭渠译. 南京：译林出版社，2009：124.

无产阶级文学运动逐渐走向瓦解和崩溃，但日本无产阶级文学作品第一次以工人、农民代表的劳苦大众为作品主人公，这在很大程度上丰富了近代文学作品的题材及表现形式。日本无产阶级文学的产生不是偶然的，是社会发展的必然趋势，它从多个角度深刻剖析了无产阶级与资产阶级对立的根源，成为世界无产阶级文学的重要组成部分。

28 现代人精神与感官世界的双重颓废
——「無頼派」

第二次世界大战结束以后，作为战败国的日本，经济萧条、社会秩序混乱，战时被奉为绝对的天皇制被否定，这给日本国民带来了极大打击。他们的精神支柱崩塌，不知该如何努力，精神空虚，内心陷入极度不安，并对传统的价值观念产生了不信任感。在日本社会整体呈现衰颓景象的同时，日本文坛也陷于浑沌之中。于是一批在“文艺复兴”时期走上文学创作的道路，在昭和元年至昭和十年（1935—1945）确立了自己作家的地位，并且在这个时期确立了自己反俗、反秩序的无赖派姿态的作家在战后出现在日本文坛，一时之间十分活跃。他们试图打破长期以来军国时期对人性的禁锢，确立以个人主义为中心的、全新的价值体系。其内部有两个主要倾向：一个是将重点放在生活破灭上的作家群体；另一个是否定原来的现实主义，将重点放在探求新的创作方法上的作家群体。前者作为无赖派的主流而存在，主要有太宰治（「太宰治（だざいおさむ）」）、坂口安吾（「坂口安吾（さかぐちあんご）」）、织田作之助（「織田作之助（おださくのすけ）」）等作家。

“无赖派”（「無頼派（ぶらいは）」）一词由太宰治首先提出，在给作家井伏鳟二的书简中，太宰治以无赖派的姿态反抗战后的风气，这一流派因此而得名。同时，又因为无赖派的作品风格与江户时代的“戏作文学”十分接近，所以文坛也将“无赖派”称为“新戏作派”。

坂口安吾（1906—1955），本名坂口柄五，小说家，出生于新潟县。父亲是一名政治家，对他采取放任主义，而母亲则对他严厉管教，因此，他与母亲的关系并不亲密。因为这样的成长背景，坂口安吾从小便表现出叛逆的性格，十分厌恶上学，中学时因为考试交白卷而被开除。他曾经自称是个伟大的落伍者，不知何时能在历史中苏醒。1922 年，他从县立新潟中学退学后，进入东京丰山中学，开始接触文学与佛教并产生兴趣。中学毕业后他曾担任代课教师，后来在 1926 年考入东洋大学印度哲学系，并开始发奋学习有关哲学和宗教的书，并学习梵语、巴利语、法语等。1931 年，他发表的《风博士》（『風博士』）和《黑谷村》『黒谷村』）分别得到牧野信一（「牧野信一」）、岛崎藤村（「島崎藤村」）和宇野浩二（「宇野浩二」）赞赏，坂口安吾顺利登上文坛。

在二战结束不久国人思想陷入空虚状态的背景下，坂口安吾于 1946 年发表了《堕落论》（『堕落論』），这部在战后一片混乱状态中洞察人类本质、反对天皇制的作品对日本社会及文坛产生了极大冲击，且被认为是“无赖派”的宣言。文中他指出：“我们必须从充满这种封建传统性的诡计（天皇制）的‘健全道义’中堕落，堕落到赤裸裸的真实的大地上来。”① 文中的“堕落”，并不是指生活要放荡不羁，而是指战后曾经统治日本的旧制度崩溃时，人要企图挣脱旧秩序的束缚，反其道而行之。同年，坂口安吾以《堕落论》为理论基础，作为实践发表了小说《白痴》（『白痴』），该小说以战争末期的东京为背景。在电影公司供职的青年伊泽与逃到他屋里的白痴女性发生关系，并把她藏在自己的房间里。在空袭后四处着火，出于求生本能，他毅然抱着白痴逃走，在与逃难人群移动的相反方向找到了一块安全地带。在绝望、茫然中等待黎明来临。这篇小说描绘了人在极度孤独之中蜕去精神的外壳，向肉体本能回归的姿态，也表现出作者的叛逆性和现实批判。《白痴》成为日本战后文学的第一部杰作，为战后文学打开了一个突破口，坂口安吾也因此一跃成为流行作家。1947 年，他发表了名作《盛开的樱花林下》（『桜の森の満開の下』）。在结婚后的 1948 年，他发表了历史小说《织田信长》（『織田信長』）、推理小说《不连续杀人事件》（『不連続殺人事件』）等作品。1955 年，坂口安吾因脑出血而去世，留下遗作《狂人遗书》（『狂人遺書』）。

---

① 神谷忠孝. 鑑賞日本現代文学 22 坂口安吾［M］. 東京：角川書店，1981：147. 笔者译.

太宰治（1909—1948），小说家，原名津岛修治，出身于青森县一个地主家庭。父亲工作十分忙碌，无暇顾及家中事务。而母亲体弱多病，无力抚养孩子。这样的家庭背景也让他从小便养成了十分矛盾、脆弱、敏感的性格。中学时期的太宰治成绩优异，十分喜爱阅读芥川龙之介、泉镜花的作品。并且从那时起他便开始发行同人杂志，他的文学活动可以说是在芥川龙之介的影响下开始的。1927 年，芥川龙之介的自杀对他造成了相当大的冲击。1929 年年底，太宰治曾服毒自杀未遂，在母亲的照料下在温泉静养至 1930 年年初。

1930 年，太宰治进入东京帝国大学法国文学系，为了成为小说家而师从井伏鳟二。1930 年，因为左翼运动募捐被警察打压。同年，他在高中时便熟识的温泉艺妓小山初代在他的帮助下来到东京，两人打算结婚，兄长文治反复劝说无效后以分家除籍为条件同意二人结婚，并承诺在他大学毕业前每月寄给他一定金额的费用。除籍后不久，他和一位在酒吧认识的有夫之妇在江之岛投海殉情，最后女子溺亡，而他被救。之后他因“帮助自杀罪”被起诉，缓期执行。1931 年 2 月，太宰治与小山初代在未正式入籍的情况下开始了新婚生活。在当初两人的婚姻遭到家长反对时，他们曾服毒自杀未遂。但此次殉情激发了太宰治创作的源泉，他以此次殉情为题材创作了《回忆》(『思い出』)。太宰治原本打算在这部作品完成后便结束自己的生命，但这部作品得到井伏鳟二的肯定，作为新兴作家，太宰治引起了文坛的关注。

1933 年，太宰治加入同人杂志《海豹》(『海豹』)，在创刊号发表了《鱼服记》(『魚服記』)，并与檀一雄结识。1935 年，在《文艺》2 月刊上发表了《逆行》(『逆行』)。进入大学第五年的太宰治考虑到毕业无望并且哥哥还会停止寄送生活费，便到都新闻社（今东京新闻）应聘，未被录用。于是，在 3 月他又一次自杀，但因为上吊用的绳子不够结实又活了下来。4 月，因盲肠炎、腹膜炎并发住院。在那期间，他的作品《逆行》曾成为第一届芥川赏候补但最后落选，之后几次评奖也因各种原因而未获奖。9 月，他因长期未缴纳学费被东京帝国大学开除。在各种打击下，他开始依赖镇痛剂，1936 年，因止痛药中毒，他被强制送进医院接受治疗，直至年底痊愈。1937 年，小山初代向他坦白外遇行为，两人打算服毒自杀，但最终未遂，之后两人便分开了。

1939年，在恩师的介绍下，太宰治和石原美知子结婚，迎来了人生中的安定期，他也决定要作为一个人活下去，发表了《女生徒》（『女生徒』）、《富狱百景》（『富嶽百景』），1940年发表了《奔跑吧！梅洛斯》（『走れメロス』）等描写人与人的爱情、友情及信任的优秀短篇作品。其中，《女生徒》受到当时的文艺时评的赞赏。在一系列好事的激励下，他不断发表更多的作品。这一时期的太宰治仿佛与过去的颓废人生告别，成为一个崭新的人。1937年，日本和中国爆发全面战争，在当时，日本国内鼓吹国策文学，对于推行战争不利的文学作品便强烈打压。太宰治早期的作品大多风格阴暗，晦涩难懂，自然是不利于宣传军国主义的，于是他也不得不转变风格。所以，太宰治在这一时期创作的积极向上的作品，并不仅仅是因为进入了人生中的安定期，还因为受到了当时的政策影响。他的矛盾脆弱的性格在其幼年、青少年时期就已形成，在其影响下形成的消极、颓废的文风也是不可能如此轻易就改变的，所以在日本战败后，他的文学创作生涯进入后期，并再次恢复了早期的颓废文风。战后，面对动荡的社会环境，他感受到整个日本文化、文明的堕落。1947年，他创作了《维荣之妻》（『ヴィヨンの妻』）、《斜阳》（『斜陽』）两部小说。《斜阳》描写了在战后秩序混乱、人心苦闷的社会中，昔日的贵族家庭犹如夕阳西沉般逐渐没落的故事。这部小说发表后成为畅销小说，“斜阳族”成为流行语，太宰治也成为流行作家。1948年，他创作了《人间失格》（『人間失格』）。这部取材于他自己生活经历的小说讲述了因从小的生活环境而长成了性情乖僻的青年主人公大庭叶藏，饱尝世态炎凉，一边害怕绝望，一边选择绝望，最后毁灭自己的故事。同年，太宰治与情妇山崎富荣一同跳入玉川上水，终于结束了自己的生命，留下未完成的作品*Goodbye*（『グッド・バイ』）。

“无赖派”文学产生于1946年，于1948年开始衰落，虽然其发展时间在整个日本文学史上极其短暂，但“无赖派”作家的创作直接面对战后秩序的混乱、权威的丧失、价值观的倒错，他们通过作品表达对权威的反抗，以及颓废、自嘲、自虐的风格，给战后陷入虚无与绝望中的人们的灵魂带来了巨大冲击，产生了深刻影响，并且一直持续至今。

29 对民族文化心理的冷峻思索与透视

——「戦後派」

1945 年 8 月 15 日正午，日本天皇向全日本广播，宣布接受《波茨坦公告》，无条件投降。日本战败后，美国以同盟军的名义，对日本实行了单独占领和管制。美军以此为由进驻日本，在日本推行了一系列促进民主进程的改革。这股自由、民主风潮极大地刺激了同时代的文学者的创作热情。

打响战后文学第一声枪响的是以原无产阶级作家为中心组织的“新日本文学会”（「新日本文学会」）。其中代表作家有宫本百合子（「宮本百合子」）、藏原惟人（「蔵原惟人」）、德永直（「徳永直」）、中野重治（「中野重治」）等，他们创办了杂志《新日本文学》（『新日本文学』），主张开展民主主义运动，继承日本的民主主义文学传统。但他们在政治与文学的关系及战争责任等问题上和其他文学派系产生了激烈的冲突。

而战后派文学的诞生，则是以平野谦（「平野謙」）、本多秋五（「本多秋五」）、荒正人（「荒正人」）、埴谷雄高（「埴谷雄高」）、山室静（「山室静」）、佐佐木基一（「佐々木基一」）和小田切秀雄（「小田切秀雄」）七名评论家、作家创办的《近代文学》（『近代文学』）为开端的。除了山室静外，其他人虽然参加过新日本文学会，但与新日本文学有着明显的分歧。在《近代文学》的支持下出现的战后文坛新人，即所谓的“战后派”，也被称为“第一次战后派”。他们中的大部分都有着共同的经历，即曾经参加过共产主义运动，有着战争的体验，在战时绝对主义天皇制的重压下，身心遭受过摧残，有着极其痛苦的体验。其中代表作家有野间宏（「野間宏」）、椎名麟三（「椎名麟三」）、埴谷雄高、武田泰淳（「武田泰淳」）、梅崎春生

（「梅崎春生」）等。

野间宏于 1915 年出生在日本神户，其父亲开创了一门新的佛教流派——实源派，自幼接受的佛教熏陶对他早期作品的创作产生了一定的影响。1932 年，野间宏在旧制第三高等学校学习期间，受到法国象征主义诗人的影响，开始热爱文学，并同富士正晴（「富士正晴」）、竹之内静雄（「竹之内静雄」）一起创办了同人杂志《三人》（『三人』）。1938 年，毕业于京都大学法语系，在校期间积极参与学生反战运动。毕业后于 1941 年被征入伍，被派往中国华北、菲律宾，翌年因病从菲律宾战场被遣送回国。1943 年，因违反《治安络持法》的罪名被捕入狱，关进大阪陆军监狱，判处 4 年徒刑，同年 11 月被开除军籍。这段痛苦的经历，成为野间宏日后创作反战小说的基础。

战后，野间宏发表的第一部作品《阴暗的图画》（『暗い絵』）受到了广泛的关注，被认为是战后派文学起步的标志。在这部作品中，他大胆地吸收“意识流”等西方现代派技巧，侧重描写人物的内心活动和心理。该作品以 20 世纪 30 年代由于政府的镇压，左翼革命运动几乎遭受了毁灭性的打击为时代背景，通过追忆的方式描写了京都大学生在严酷镇压下进行学生进步组织活动，最后被捕、惨死狱中的故事。主人公深见进介虽有着进步倾向，却想保全自己，追求自我价值，这引起了其他同学的不满，深见进介自己也陷入了不安、痛苦之中。作者通过这部小说试图表现出自己亲身经历的那个黑暗时代及当时人们的极限心理状态。《阴暗的图画》一经发表，便受到了近代文学派评论家的赞赏，同时也得到了读者们的狂热支持。之后，他又接连发表了《两个肉体》（『二つの肉体』）、《脸上的红月亮》（『顔の中の赤い月』）、《第 36 号》（『第三十六号』）和《崩溃感觉》（『崩壊感覚』）等一系列中短篇小说，从各个角度挖掘战争对人们的一系列影响、人的欲望及自我意识的矛盾。

1952 年，野间宏创作的第一部长篇小说《真空地带》（『真空地帯』）使他的创作达到了高峰，同时也确立了其长篇小说家的地位。在这部作品中，野间宏主要采用现实主义手法、现代主义的意识流等手法，基于自身的从军经历，通过描写两次惨遭陷害的上等兵木谷的经历，站在人道主义的角度，揭露了军队、军营惨无人道的黑暗。《真空地带》发表后，引起了强烈的反响，并获得了 1952 年每日新闻出版文化奖，成为战后派文学的杰作之一。

フィリッピン兵が焼きはらった黒くこげた甘蔗畑がはるか遠く下方に暗く続いていた。熱帯の大きな赤い月が兵隊達が上げる砂埃でけむった海岸線の向うに昇っていた。そしてその明かりで兵隊達の熱病を病んだほの黄色い顔や汗のしみついた防暑服が赤く染っているように見えた。部隊は長くのび、列を乱し、次第に細くなる山道にさしかかっていた。

远方可以看到菲律宾士兵放火烧焦了的一大片甘蔗田。这时，在因军队经过而尘土飞扬的海岸线那边，升起了一轮热带的红彤彤的大月亮。士兵们被热带病染黄了的脸庞和被汗水浸透了的防暑服，都抹上了鲜红的颜色。部队拖得很长，队列也紊乱了，他们渐渐踏上了崎岖的山路。①

椎名麟三于 1911 年出身于兵库县一个穷苦家庭。家庭的不和睦加上经济上的拮据，使他从小便历尽磨炼。中学三年级时，由于家庭原因，椎名麟三辍学离家。离家后从事过学徒、店员、帮厨等工作，这些经历使他深谙底层劳动人民的生活。1928 年，他入职电铁部做乘务员工作，之后积极参加工人运动，成为左翼运动的组织者。1931 年，因共产党员身份被捕入狱，在一年半的狱中生活期间，他阅读了柏格森、雅斯贝尔斯等人的哲学书籍，这些书籍唤醒了他对文学的兴趣。出狱后，在尼采、陀思妥耶夫斯基等人的影响下，他的个人意识逐步觉醒。1941 年，他辞去工作，开始专门从事文学创作。代表作有《深夜的酒宴》（『深夜の酒宴』）、《永远的序章》（『永遠なる序章』）、《漂亮的女人》（『美しい女』）等。

埴谷雄高于 1910 年出生于台湾新竹，因其父亲在台湾任职，埴谷雄高在上中学以前，一直在台湾生活，并接受教育。日本殖民者在台湾的统治使他从小便对台湾怀有罪恶感。1928 年，埴谷雄高在日本大学预科学习期间，因

① 笔者译。

沉迷戏剧，经常无故旷课，后被开除。1931 年，他加入了日本共产党，开始积极投身于革命，翌年被捕入狱。同椎名麟三经历相似，埴谷雄高在狱中阅读了康德和陀思妥耶夫斯基的著作，对康德和陀思妥耶夫斯基思想的认识奠定了他日后文学创作的思想基础。其代表作《亡灵》（『死霊』）是日本战后唯一的一部超长篇思想小说，作品中没有明确的时间地点和故事情节，作者试图跨越时代，探索人应该怎样生存的哲学命题，虽不免有些晦涩难懂，但作为文学创作上的创新，对战后日本文坛产生了积极的意义。

第一次战后派作家大多有着切身的战争经历，其中战争直接带来的苦难、参加左翼运动受到的迫害、放弃信仰后的内疚等因素使他们在创作中有着更广泛的题材选择，思想上超越了以往传统的私小说，上升到反战、人性、哲学的层面，每部作品都是作家经过深刻的思考后创作的，而不是对一般现实生活的写照。

第二次战后派作家大部分于 1948 年 9 月以后才开始登上文坛，他们很少有踏上战场或是被捕入狱、被迫放弃信仰的经历。他们所经历的是 20 世纪五六十年代国际形势和日本国内社会的经济政治等动荡不安的历史时期，所以对事物的看法与第一次战后派有些差异。不过，他们在选择题材和表现手法上，同第一次战后派作家有着一脉相承之处，他们的作品构成了战后文学的主要组成部分。代表作家有大冈升平（「大岡昇平」）、安部公房（「安部公房」）、三岛由纪夫（「三島由紀夫」）、堀田善卫（「堀田善衛」）等。

大冈升平于 1909 年生于东京，父亲是商行职员，母亲系艺伎出身。他从中学时代开始就喜欢夏目漱石、芥川龙之介等作家的作品。后经人介绍，师从小林秀雄学习法语，深受小林秀雄影响，开始沉迷于法国文学。1932 年，他从京都大学法文科毕业后一度在新闻社、日法合资公司工作。1944 年应征入伍，被派往菲律宾参加作战，翌年 1 月所属营地遭受美军袭击，被美军俘虏，12 月获释回国。《俘虏记》正是大冈升平被美军俘虏那段经历的记载，成为他登上战后文坛的成名作，获得了第一届“横光利一奖”。其他代表作品还有《野火》（『野火』）、《莱特战记》（『レイテ戦記』）等，是日本作家中为数不多的具有国际意识的作家之一。

同埴谷雄高经历相似，安部公房因其父亲是“满洲医科大学”（现在的中国医科大学）的医生，1924 年出生后不久便被带到了沈阳，在沈阳度过了小学和中学的时光。1940 年回到东京，1943 年考入东京帝国大学医学部。大学期间，他大量阅读了海德格尔、雅斯贝尔斯、尼采等人的著作，并开始了小说和诗歌的创作。他受花田清辉和椎名麟三的影响，确立了超现实主义和存在主义的文学思想，并应用于文学作品创作中，形成了安部公房文学特色的超现实、超日常性的幻想小说或寓言故事。他的作品往往具有特殊的场面、奇怪的情节、象征的手法和深刻的寓意，力图揭露社会的不合理性，并且探求解决问题的出路。代表作品有《砂之女》（『砂の女』）、《墙—S·卡尔玛氏的犯罪》（『壁—S·カルマ氏の犯罪』）、《箱中的人》（『箱男』）等。

三岛由纪夫（1925—1970），原名平冈公威，出身于东京一个高级官吏家庭。三岛由纪夫在上中学之前一直与执掌家族大权的祖母永井夏同住，永井夏出身于显赫的武士之家，在皇宫中度过了自己的少年时代，她的这段经历深深影响了三岛由纪夫日后的古典和贵族情结。因为受到祖母过分的保护与管教，三岛由纪夫形成了羸弱的体质，甚至有点女性化的人格特征。16 岁时经老师介绍，他在《文艺文化》杂志上发表了小说《鲜花盛开的森林》（『花ざかりの森』），并开始使用“三岛由纪夫”这个笔名。1945 年被征入伍，体检时因为误诊被遣返回家。1947 年从东京帝国大学法学系毕业，通过考试进入大藏省供职。1948 年从大藏省退职，开始专门从事创作活动。

1949 年，三岛由纪夫发表了作为专职作家的处女作《假面的告白》（『仮面の告白』），这篇小说使他受到了文坛的广泛关注，确立了其文坛地位，堪称三岛由纪夫文学的代表作。该作品以第一人称形式，描绘了进入青春期的主人公的内心世界和心理活动。“我”是一个同性恋者，为了让自己跟正常人看起来一样，“我”与同学的妹妹园子相恋了，最后感到能力不足而终止了恋爱关系。二战后，园子已嫁人，“我”却感到一种孤独和绝望，最终向园子坦白了自己的秘密。在这部作品中的主人公身上，很大程度上重叠着作者自己的影子，因此具有半自传的性质。《金阁寺》（『金閣寺』）则是以 1950 年 7 月金阁寺僧徒林养贤放火焚烧金阁寺的真实事件为题材创作的。这部作品体现了三岛由纪夫对美和人生抱有的虚无主义观点，作品中也贯穿了作家本人的审美意识。

三岛由纪夫的文学可分为前期和后期两个部分。前期创作中始终贯穿着唯美、浪漫主义和古典、虚无主义两大主题，后期创作中主要体现的是国家主义、民族主义。最终，他在完成了长篇巨作《丰饶之海》（『豊饒の海』）后自杀。

日本战后派文学在文学创作上，与日本传统文学大相径庭。作家大多亲身经历过战争，再加上受到西方哲学、文学理论的影响，因此在文学创作的主题思想上与以往的传统私小说相比，上升到了更高的层面。他们主张反战，探索世界和人类存在的意义，注重揭示人物的心理动机。但进入 20 世纪 50 年代以后，国际形势发生重大变化，日本政治、社会开始转型，以“反战”为特点的战后派文学开始走向衰落。日本社会经济开始高速发展后，第一次战后派文学也就逐渐无法继续存在，继而被第二次战后派、第三新人所取代。即便如此，战后派文学在日本近现代文学史上对推动遭受劫难之后的文学事业的复苏和振兴，起到了不容低估的作用。

30 经济高度成长期的日本文坛
——「第三の新人」

经历了“第一次战后派”(「第一次戦後派」)、“第二次战后派”(「第二次戦後派」)文学的洗礼后，昭和二十年代后半期，日本文坛出现了一批作家，他们被称为“第三新人”(「第三の新人」)。这批作家与政治主张较强的战后派不同，他们的创作题材极为重视普通的日常生活，其主要代表人物，就是开辟了私小说新天地的远藤周作(「遠藤周作」)。而1955年到1973年，日本逐渐进入“经济高度成长期”(「経済高度成長期」)，文坛也跟着进入了全新的境地。

1955年至1957年，由于朝鲜战争急需大量订单，日本出现了第一次经济发展高潮，经济不仅完全从第二次世界大战中复苏，而且进入了建立独立经济的新阶段。1960年池田内阁(「池田内閣」)上台执政后，公布了“国民收入倍增计划”(「国民所得倍増計画」)①，主张提高经济福利，并倡导实现稳定的政权运作。随着政治与经济的向好，日本文坛上也出现了一批个性派作家，这不仅在文坛引人注目，也引起了当时社会的极大关注。其主要代表作家有开高健(「開高健」)和大江健三郎(「大江健三郎」)。

开高健1957年发表的《皇帝的新装》(『裸の王様』)也荣获了芥川奖，之后，他又发表了以越南战争等国际问题为题材的作品，如《光辉的黑暗》(『輝ける闇』)等。与开高健相比，最被广大读者知晓的则是大江健

① 国民收入倍增计划是日本政府制订的1961—1970年度经济发展计划。该计划要求国民生产总值年平均增长率达到7.2%，十年间使国民收入增长1倍，实现充分就业。

三郎，他于1935年出生于日本四国岛的爱媛县，在战争时期度过了小学时代。战争结束后，他进入战后设立的新制度中学，高中毕业后来到东京，之后考入东京大学文学系，热衷于阅读加缪、萨特和安部公房（「安部公房」）等人的作品。1957年，大江健三郎发表了《死者的奢华》（『死者の奢り』），川端康成高度评价这部作品。第二年，他发表的《饲育》（『飼育』）荣获芥川奖，自此，他与开高健齐名，被视为文学新时期的象征和代表。

大江健三郎的文学造诣并非出自偶然。1963年，他的长子大江光出生，由于婴儿头盖骨先天异常，经过治疗后虽然免于夭折，但最终成了脑功能障碍儿，这给大江健三郎的创作带来了重要影响。从儿子出生的那年夏天开始，大江健三郎多次赴广岛，参与了广岛原子弹爆炸的有关调查，并走访了许多原子弹爆炸的幸存者，了解到这些受害者多年后的今天仍然面临着死亡的威胁。这两件与死亡紧密相连的事件给大江健三郎带来了极为强烈的震撼，于是他在文学创作中，表现了这种对死亡的思索。1964年的《个人的体验》（『個人的な体験』），正是作者在这种苦闷中创作的一部以自身经历为背景的长篇小说，作品中的主人公在面临脑残障婴儿的生死抉择时，最终还是听从医生建议，接受治疗拯救其生命，与留下严重脑部疾病的儿子共度一生。

大江健三郎还深受萨特存在主义的影响，在创作上试图从生理、心理和社会三个方面来探讨人存在的意义和价值，他在充分借鉴、消化外来文化的基础上并予以吸收。同时，他扎根于将树木与森林作为自然神信仰的日本传统自然观、审美意识，强调民族性在文学中的表现，并从本民族的土壤中充分汲取营养，很好地继承并大量使用了古典作品中的象征性技法和日本文学传统中的想象力。正由于大江健三郎碰撞并融合了日本和西方文学，他的创作活动不仅面向日本和东方，而且面向世界，所以他于1994年被授予了诺贝尔文学奖，成为日本文学史上第二位荣获诺贝尔文学奖的作家。在《暧昧的日本的我》（『曖昧な日本の私』）的受奖纪念讲演中，他频繁使用“暧昧”一词，比较全面并系统地论述了自己的文艺理念和文学主张，再次向世界展示了日本文学的魅力。

除出现这批个性派作家外，随着经济高度发展，电视、杂志等大众传媒也得到长足进步，文坛还出现了介于晦涩的“纯文学”（「純文学」）和浅显的“大众文学”（「大衆文学」）之间的“中间小说”（「中間小説」），其主要代表作家有井上靖（「井上靖」）。他出身于北海道旭川的军医世家，从中学起便热爱文学，由于早期接触了唐朝杜甫、白居易等诗人的诗歌，所以他年轻时创作了许多诗作，并且成为日后创作小说的原点。1949 年，人过中年的井上靖发表了小说《斗牛》（『闘牛』）和《猎枪》（『猟銃』），获得文坛好评，从此他以小说家的身份立足于文坛。在创作了几部作品之后，井上靖努力探索并构建了处于纯文学与大众文学之间的中间小说，这种新的小说模式，既有纯文学的艺术性，也具有大众文学的趣味性。中间小说代表作之一的《冰壁》（『氷壁』），以 1955 年发生的登山队登冰壁时，因为使用的尼龙登山绳断裂而导致队员死亡的重大事件为素材，描写了事件发生后，对队员死亡原因进行的种种猜测。

井上靖在创作以战后社会面貌为题材的作品的同时，还创作了许多历史小说。他自小便对中国历史抱有浓厚兴趣，其中尤其喜欢西域历史，为此孜孜不倦地阅读了大量与此相关的历史文献。他的历史小说总是以史料记载的历史事件为线索，在此基础上加以想象和发挥，即使是虚构部分，也力求做到历史的真实和艺术真实的统一。他最初发表的历史小说《天平之甍》『天平の甍』，正是以史实为基础，描写了鉴真和尚在日本留学僧侣普照的恳请下，东渡日本传播佛法的故事。在整个故事中，井上靖真实再现了日本奈良的佛教状况，以及日本留学僧侣在唐朝的情况。紧接着第二部历史小说《楼兰》（『楼蘭』），则讲述了小国楼兰在风沙席卷中，随着时间流逝逐渐被埋没的故事。井上靖历史小说的另一著作《敦煌》（『敦煌』），在真实历史的基础上，虚构了书生赵德行和王女的悲情故事，以及赵德行把大批宝贵经卷藏入千佛洞的情节，在艺术还原了历史的同时，也给历史人物注入了生命力。井上靖创作的这些优秀作品，奠定了他在日本文学史的重要地位，并且将中间小说的创作推向了最高潮，为之后中间小说的全盛期做出了历史性贡献。

到了经济高度成长期后期（昭和四十年以后），日本出现了一批作家，他们对社会现实深感不满，但又没有勇气变革社会现实，于是回避现实生活中的矛盾，只关注自我内心，使个人与自我脱离人群，脱离现实生活，并试图以此来探讨人类内心的不安及生存的意义，文学史上称其为“内向的一代”（「内向の世代」），主要代表作家有小川国夫（「小川国夫」）。他出生于静冈县，幼时曾因体弱多病而休学，休学期间广泛阅读了川端康成的作品，高中时受洗礼成为天主教徒。1950 年，他考入东京大学国文系，但不久陷入异常的精神痛苦之中，为了摆脱这一苦恼，于是开始尝试创作，并自费到法国留学。回国后，他创作了描写留学期间骑自行车到地中海沿岸旅行的短篇小说《阿波罗之岛》（『アポロンの島』），并在 1957 年自费出版了短篇小说集《阿波罗之岛》（『アポロンの島』）。直到 8 年之后，作家岛尾敏雄（「島尾敏雄」）在报纸上发表文章，大加赞扬这部作品，小川国夫才因此受到各方关注。之后，他还创作了《来自海上的光》（『海からの光』）、《一本圣经》（『或る聖書』）等作品，生动刻画了人物的内心世界。

日本经济高度发展时期，随着经济的发展和社会环境的变化，日本文坛也随之发生改变，分别经历了以上几个阶段。这期间文坛流行的文学理念不但继承了日本传统文学理念，还不断创新，在推动日本文坛进步的同时，也将日本文学进一步推向了世界。

31 东西方文学的完美结合

——「川端康成」

川端康成（「川端康成」）（1899—1972）是日本文学史上第一位获得诺贝尔文学奖的作家，虽然在写作技巧上，受到了西方文学的影响，但他始终着眼于日本，创作了许多反映日本风土人情的作品。

川端康成1899年出生于大阪，父亲是医生，爱好汉诗、文人画，但在川端康成一两岁时，父亲因肺结核病去世，一年后，母亲也因感染结核病而辞世。之后，祖父母将他抚养成人。由于他自小体弱多病，两位老人无微不至地照顾他，并因担心他出门惹事，常让他闭居家中，所以他的幼年与外界几乎没有太多接触。川端康成上小学时，祖母与姐姐也相继去世，他只能与祖父相依为命，可在中学时，祖父的辞世让他真正成了孤儿。由于一生漂泊，没有定所，加上长期心情苦闷忧郁，逐渐造成了他感伤、孤独的性格，然而，恰恰是这种内心的痛苦与悲哀，成了川端康成文学的重要基调。

在小学时，川端康成成绩优秀，显示出了他在文学方面过人的才华。升入中学后，他博览各种文学作品，开始接触到一些国内外的名家名作，并不间断地将作品中精彩的片段抄录下来。中学期间，他尝试创作了一些小说、俳句，频繁发表在报纸、杂志上。1917年中学毕业时，川端康成考取了第一高等学校，来到日本文坛的最前线——东京，直接接触了当时风靡文坛的"白桦派""新思潮派"等流派的作家和作品，大大拓宽了自己的眼界。1920年，第一高等学校毕业后，川端康成进入东京帝国大学文学系英文学科，除了阅读日本作家的作品外，还广泛阅读了诸多翻译作品，并且参与了复刊杂志《新思潮》（『新思潮』）（第六次）的活动。1924年，大学毕业后，川端康成与横光利一（「横光利一」）等人共同创办了杂志《文艺时代》（『文芸時代』），掀起了“新感觉派”（「新感覚派」）文学运动。由于他创作了许多指导新感觉派的理论作品，于是成了新感觉派文学运动的主要代表人物。但是在之后的创作过程中，川端康成发现自己并没有新感觉派的才华和气质，最终决定走自己独特的文学道路。

1926 年，川端康成创作了成名作《伊豆的舞女》（『伊豆の踊子』）。这部作品描述了一名高中生独自在伊豆旅游时，邂逅了一位年少舞女的故事。高中生与年少舞女一行人结伴而行，一路上舞女把他照顾得无微不至，与此同时，寄人篱下的高中生，在地位低下的舞女身上也看到了自己的影子，于是，处境相似的两人达成了心灵上的沟通，并萌生了朦胧的爱意。在这部作品中，川端康成吸收了西方文学新的感受性，并在此基础上力图保持日本文学的传统色彩，运用日本古典文学的传统美和表现技巧，做了全新的尝试。可以说，这部作品充分体现了日本文学的特质，是川端康成文学的里程碑，奠定了他的作家地位。正因如此，这部杰出的作品曾先后 6 次被搬上电影银幕。

《伊豆的舞女》获得好评之后，川端康成开始转向“新心理主义”（「新心理主義」），尝试使用乔伊斯意识流和弗洛伊德的精神分析学方法，创作了《水晶幻想》（『水晶幻想』）等作品。但不久，他改变了态度，全盘否定西方现代派文学之后，继承了佛教轮回思想，在作品《抒情歌》（『抒情歌』）中，宣扬了失去所爱女性的自我救济和自我解脱。就在这样深入摸索的过程中，川端康成找到了西方文学与传统文学的契合点，最终在传统文学的基础上，吸收了西方文学的技巧，开拓了一条独特的创作道路，代表作《雪国》（『雪国』），就是他在反复摸索后诞生的佳作。

1935 年，川端康成开始在多种杂志上连载《雪国》，且一直持续至 1937 年。由于当时正值日本国内统治阶级发动战争，加强对国内出版物管理之时，所以以非歌颂战争的作品为由，1937 年《雪国》被禁止发表。直到战后，川端康成才将之前发表的内容进行修改补充，完成了作品的出版。这部作品的故事背景是雪国及温泉旅馆，讲述了一名叫岛村的舞蹈艺术研究者，三次来到雪国，邂逅当地年轻貌美的妓女驹子及少女叶子，并产生爱情的纠葛故事。

川端康成用以下这段几近吝啬的简洁文字，拉开了《雪国》的序幕。

> 国境の長いトンネルを抜けると雪国であった。夜の底が白くなった。信号所に汽車が止まった。向側の座席から娘が立ってきて、島村の前のガラス窓を落とした。雪の冷気が流れ込んだ。娘は窓いっぱいに乗り出して、遠くへ叫ぶやうに、
>
> 「駅長さん、駅長さん。」
>
> 明かりをさげてゆっくり雪を踏んで来た男は、襟巻で鼻の上まで包み、耳に帽子の毛皮を垂れていた。

> 行至县界的隧道尽头，雪国便到了。夜空之下是白茫茫的一片。火车在信号所停了下来。一位姑娘从对面座位上站起身子，把岛村座位前的玻璃窗打开。一股冷空气席卷进来。姑娘向窗外探出身，像在呼唤远方似的喊道：
>
> “站长先生，站长先生！”
>
> 一个把围巾缠到鼻子上，帽耳耷拉在耳边的男子，手拎提灯，踏着雪慢慢地向这边走来。①

小说的开端，川端康成看似潦草地描绘了一种静寂寒冷、让人感觉虚幻的天地，整部作品深深渗透了虚无思想。他在《雪国》里，超越了世俗道德的规范，把现实抽象化，努力以虚无的本来面目来表现人生，将虚无世界中对事物的感动贯穿于世相人情中，试图创造出一种虚幻的美。而且，他在文章结构上，借鉴了西方意识流的创作手法，突破时空的连贯性，主要以人物思想感情的发展，或创作的需求为线索而展开叙述。但同时他又继承了日本古典文学重视人物心理刻画的传统，在细腻描写人物心理活动方面，有其独到之处。

战后，川端康成加深了对传统文化的认识，完美融合了东西方文化，并将其贯穿于他的实际创作中。1949 年创作的《千羽鹤》（『千羽鶴（せんばづる）』），是川

---

① ［日］川端康成. 川端康成作品集［M］. 津文译. 北京：团结出版社，2016：23.

端康成文学创作过程中的一个转折，整部作品充满了颓唐的色彩。而且这部作品将位于镰仓圆觉寺的茶室作为主要的故事舞台，含蓄地描写了太田夫人和菊治之间超出道德范围的行为，以及菊治父亲与太田夫人、千加子之间的情欲生活。他运用象征的手法，借助最能体现日本美学中“闲寂”（「閑寂」）的茶具——“志野烧”（「志野焼」）来推进情节的发展，试图表现爱情与道德的冲突。

1961年至1962年，川端康成继续追求传统魅力，创作了洋溢京都风情的作品《古都》（『古都』）。这部作品描写了孪生姐妹千重子和苗子悲欢离合的际遇。因为家境贫寒，这对孪生姐妹出生后，姐姐千重子即被抛弃，但被一户条件优越的人家收养，成了一位养尊处优的小姐，而妹妹苗子却成了孤儿，孤苦伶仃地长大成人后，自食其力到山里种植杉树。在性格方面，姐姐优美文雅，心思细腻，而妹妹为人正直。虽然在作品中，姐妹两人几度重逢，但由于境遇差异过大，姐妹俩最终无力抗拒命运，未能生活在一起，而且为了不影响姐姐的幸福，苗子甚至远遁深山僻壤。《古都》在全面表现京都的自然美和传统美的同时，让人感受到了日本民族的情趣，其伤感的结局让小说更加韵味深长，与“幽玄”（「幽玄」）的传统文学理念遥相呼应。

由于川端康成在思想上将传统文化精神与现代意识相融合，在写作手法上将传统的自然描写与现代的心理刻画相结合，形成了特有的川端康成文学美学，于是1968年，他以《雪国》《千羽鹤》《古都》三部代表作，荣获了诺贝尔文学奖。在瑞典文学院礼堂，川端康成做了“美丽的日本的我”（「美しい日本の私」）的获奖纪念讲演，他通过禅宗诗僧西行（「西行」）、良宽（「良寛」）等人的诗，芥川龙之介、太宰治的小说，《古今和歌集》《源氏物语》《枕草子》等古典作品，以及花道、茶道的精神等，深入细致地向全世界的人们介绍并剖析了日本的传统美。川端康成文学的成功主要表现在以下三个方面：“一是传统文化精神与现代意识的融合，表现了人文理想主义精神、现代人的理智和感觉，同时导入深层心理的分析，融会贯通日本式的写实主义和东方式的精神主义；二是传统的自然描写与现代的心理刻画的融合，运用弗洛伊德的精神分析法和乔伊斯的意识流，深入挖掘人物的内心世界，并且把自身与自然合一，把自然契入人物的意识流中，起到了‘融合物我’的作用，从而表现了假托在自然之上的人物感情世界；三是传统的工整性与意识流的飞跃性的融合，根据现代的深层心理学原理，扩大联想与回忆的范围，同时用传统的坚实、严谨和工整的结构加以制约，使两者保持和谐。这三者的融合使传统更加深化，从而形成其文学的基本特征。”① 令人惋惜且不可思议的是，1972 年 4 月 16 日，川端康成在逗子（「逗子（ずし）」）的玛丽娜公寓（「マリーナ・マンション」）自杀身亡。

川端康成虽已去世几十载，但他一生写就的 100 余部长篇、中篇和短篇小说，以及许多散文、随笔、演讲、评论、书信日记等，不仅给日本人民，也给全世界人民留下了宝贵的精神财产。他的文学既具有特殊性、民族性，同时又具有普遍性和世界性的意义，对促进人们重新审视东方文化起到了重要的启示作用，并对日本文学的发展及东西方文学的交流做出了积极贡献。

---

① 叶渭渠，唐月梅. 20 世纪日本文学史［M］. 青岛：青岛出版社，2004：189.

32 后现代主义文学的先驱

——「村上春樹」

村上春树 1949 年生于京都，父亲村上千秋是国语教师，母亲村上美幸是船场一个商家的女儿。因为父亲是国语老师，村上春树从小又喜爱读书，父亲便允许他在附近的书店赊账购买自己中意的书籍。在这样的成长环境下，村上春树从小便有机会接触许多文学作品。

中学时代，村上春树家在书店订了河出书房的《世界文学全集》和中央公论社的《世界文学》。通过大量的阅读，村上春树对西方文学产生了深厚的感情，这也为他以后的翻译工作打下了深厚的文学基础。进入高中后，对英文阅读本身有着信心的村上春树就以自己的方式涉猎英文书籍，这使他若干年后成为翻译家有了可能。1968 年，经历了一次高考落榜后，村上春树考入早稻田大学戏剧系。在大学期间，他对学生反政府运动基本采取了旁观的态度，这种做法一直影响到他走向社会。后来，村上春树转往练马区寄宿，在这期间他几乎不去学校，靠在新宿打零工维持生活，其余时间泡在歌舞伎町的爵士乐酒吧里。同时，大学期间他以学生的身份同阳子结婚，住在夫人阳子的父母家。不久，他便通过零工的工资和贷款在国分寺开了一个爵士乐酒吧。随后的几年里，村上春树一直以经营酒吧为生，直到他走上文学创作的道路。30 岁的时候，村上春树突然萌发了写小说的念头，随后边开酒吧边在酒吧的餐桌上挥笔不止。写完后他投稿给“群像新人奖”评审委员会。出乎意料，他的这部处女作《且听风吟》（『風（かぜ）の歌（うた）を聴（き）け』）获第 23 届“群像新人奖”。这个奖项让他决定专心创作，于是把酒吧转让给他人。

《且听风吟》以都市为背景，讲述了“我”，一个大学三年级学生，每次放假回家都会去酒吧喝酒以打发无聊的时光。一天晚上“我”在酒吧的洗手间遇到了醉倒在地的“鼠”，并送她回家。不久后的再次相遇让我们熟识起来。之后她谎称出门旅行，欲言又止地从“我”的视野里消失不见了。再次见到她的晚上，“我”留宿她家，但什么也没有发生。之后“我”便再也没见过她了。《且听风吟》描述了20世纪70年代日本城市的生活气息和处于那个时代的青年孤独和空虚的内心。这部作品尽管篇幅短小，故事情节简单，但情节琐碎、格调散漫等特点打破了以往传统文学作品中故事的完整性和连贯性。可以看出，村上春树的这部处女作明显体现了与以往日本文学不同的创作理念。同时，它的销量使得村上春树初登文坛便成为畅销书作家。

两年后，村上春树成为专职作家，1982年创作的《寻羊历险记》（『羊をめぐる冒険』）获得“野间文艺新人奖”。上述两部作品加上1980年创作的《一九七三年的子弹球》（『1973年のピンボール』）被称为村上春树的青春三部曲。1985年创作的《世界尽头与冷酷仙境》（『世界の終りとハードボイルド・ワンダーランド』）获得第21届“谷崎润一郎奖”。这部作品以第一人称叙事，奇数章描写“冷酷仙境”的世间百态，偶数章叙述“世界尽头”的生活样貌，两个世界既互相独立又相互连接，在细节处遥相呼应。这是村上春树别具一格的写作风格，在《海边的卡夫卡》（『海辺のカフカ』）里也有体现。1986年至1990年旅居欧洲期间，他发表了轰动文坛的纯情小说《挪威的森林》（『ノルウェイの森』），截至2012年，创下了总销量超过1500万册的奇迹，带来了文坛上的“村上春树现象”。

《挪威的森林》以第一人称进行叙事，讲述了主人公“我”（渡边）在大学时代的一段感情经历。直子是“我”高中时代朋友木月的女友，木月自杀后，直子开始出现了精神异常。一年后，“我”同直子巧遇，并开始了交往，但直子却因精神疾患住进深山里的精神疗养院休学疗养。“我”前去探望时认识了和直子同一宿舍的玲子，“我”在离开前表示永远等待直子。不久，“我”与活泼的同班同学绿子相识，在正视自己对绿子的感情后，“我”内心十分苦闷彷徨，一方面念念不忘缠绵于病榻的直子的柔情，一方面又难以抗拒绿子大胆的表白和迷人的活力。不久传来直子自杀的噩耗，“我”失魂落魄地四处徒步旅行。最后，在直子同房病友玲子的鼓励下，开始摸索此后的人生。《挪威的森林》充满着压抑、空虚和感伤，直子自我封闭，逃避现实，代表着非现实的孤独世界；而绿子充满青春活力，代表着现实。“我”每天在茫然中度日，精神上迷恋直子，肉体上迷恋绿子。“我”通过与她们精神、肉体的结合来弥补自己的空虚。村上春树在借用《挪威的森林》这一歌名的同时，也将歌曲孤独神秘的气氛带入作品中，表现出了现代人内心的孤独和自闭，以及对现实社会的恐惧，使读者在其中能够或多或少地找到自己的影子。

进入平成年代之后，村上春树又陆续发表了一系列作品，如《国境以南太阳以西》（『国境の南、太陽の西』）、《斯普特尼克恋人》（『スプートニクの恋人』）、《海边的卡夫卡》等。《海边的卡夫卡》入选了美国“2005 年十大最佳图书”。2006 年，村上春树获得了有“诺贝尔文学奖前奏”之称的“弗朗茨·卡夫卡”文学奖。2009 年，他出版的长篇小说《1Q84》获得“耶路撒冷文学奖”。当时正当新一轮巴以冲突高峰期，村上春树经过慎重考虑之后，最终决定前往以色列受奖，并发表了以“人类灵魂自由”为主题的获奖感言。2017 年创作的《刺杀骑士团长》（『騎士団長殺し』）大胆揭露了侵华日军的暴行，在中国引起了强烈的反响，发售不到两天，首印的 35 万套便售罄。

村上春树不仅在文学方面取得了一系列成就，对社会事件的关注及反战意识也体现出了他是一位有着担当和社会责任感的作家。1995 年 3 月，村上春树在临时回国期间，得知了地铁毒气事件后，于 1996 年 12 月，独自采访东京地铁毒气事件 62 名受害者，每 5 天采访 1 名，以此为素材完成了首部长篇纪实文学作品《地下》（『アンダーグラウンド』）。1997 年，继采访东京沙林毒气事件被害者之后，为了了解邪教组织的内部情况和信徒的精神世界，村上春树对多名奥姆真理教原信徒进行采访，提出疗救的主张。根据录音整理的采访实录完成了《地下》的续集——《在约定的场所：地下 2》（『約束された場所で』）。这篇续集中绝大部分篇幅是原邪教成员对邪教黑幕的口述，内容情节触目惊心，详细逼真，这篇纪实文学获得了第二届“桑原武夫学艺奖”。

时隔 7 年发行的新作《刺杀骑士团长》谴责了二战时期纳粹德国入侵奥地利、残害地下学生组织的行径，更直接点出“卢沟桥事变”“南京大屠杀”这些备受日本右翼攻讦的真实历史事件，揭露了侵华日军的暴行。其中尤其详细叙述了主人公的弟弟、一位年轻的音乐家，参战后在南京被要求以极其残忍的方式砍杀中国俘虏，退役后受到战争心理创伤而自杀这一故事。该小说引起了中国读者的广泛关注，中译本首印达 70 万册，由于预售反响不俗又进行了加印。在接受《朝日新闻》《读卖新闻》等日本多家主流媒体的采访时，村上春树表示试图忘记或者涂改历史的行为都是错误的，作为一名小说家，他希望用“讲故事”的方式进行对抗。

在村上春树作家身份的背后，还有着另外一些身份——翻译家和旅行者。在当代作家中，从事创作的同时进行大量翻译的作家并不多见。他所翻译的作品大多为美国小说，但并非作为专业的翻译工作者，而是兴趣使然。村上春树自己说道，翻译的时候常常可以破解原文、原作者的“秘密”，这让他觉得很有快感。其中，村上春树的翻译作品最大的特点便是简洁，他的翻译在句式上比较简短，往往是将长句进行切分，使每个句子在表达上更加精练。当这种翻译方法运用到文学创作的实践中去时，便形成了村上春树独特的不同于既往日本文学传统文体的文体特征。而作为旅行者，村上春树的足迹遍布美国、英国、意大利、希腊、土耳其、伊拉克、伊朗、蒙古、苏联和中国等多个国家。可以说村上春树的写作与旅行是密不可分的。这些旅行素材林林总总构成了他天马行空的异世界设定和别具一格的异国元素。村上春树曾经花了多年时间在海外长驻旅行，目的是为了远离日本，更好地从各种远距离角度审视日本，以便完成《挪威的森林》和《舞！舞！舞！》（『ダンス・ダンス・ダンス』）的创作。同时他还创作了一系列的旅游文学，《远方的鼓声》（『遠い太鼓』）、《雨天炎天》（『雨天炎天』）、《边境・近境》（『辺境・近境』）及《如果我们的语言是威士忌》（『もし僕らのことばがウィスキーであったなら』）等。村上春树丰富的文学阅读经验、青少年时代打下的坚实的文学功底为他成为作家创造了可能，而他丰富的旅行经历和生活体验则成为他进行文学创作的重要源泉。

村上春树是日本后现代主义代表作家，在他的作品中可以看到大量后现代主义特征。后现代主义是现代主义的发展和延伸，是西方工业社会的产物。20 世纪 60 年代末至 70 年代初期，日本已经发展成为经济高度繁荣的发达资本主义国家，随着社会生产力、人们购买能力的提高，人们开始追求高层次的精神生活，形成了一股现代消费文化观念。体现在文学作品中，便是以一种全新的视角、全新的态度、全新的感受描写和表现这种繁荣发达的后工业社会，同时它是具有反传统色彩的后现代主义文学。作为一股声势浩大的文学潮流，它并不单指某一具体的文学流派，而是包括了二战后出现的林林总总的具有反传统色彩的文学思潮与派别，具有极强的包容性、多样性与开放性。这股声势浩大的文学潮流深刻地影响了包括村上春树在内的众多作家的文学创作。

后现代主义文学的特点体现在村上春树的小说中有如下特征：第一，对主体生存状态的展示并进行详细的描写，注重人的主体性；第二，采取多重叙事角度和情节结构现实，构造现实世界和虚构世界的一体化，使两条情节交叉平行地展开，如《寻羊冒险记》《舞！舞！舞！》中的鼠和羊男，《挪威的森林》中的直子和绿子，《世界尽头与冷酷仙境》中的“冷酷仙境”和“世界尽头”等一系列情节等；第三，异化小说中的人物形象及其生活方式，后现代类似寓言、神话等离奇荒诞的情节和超现实性，表现出人物虚无、荒诞的精神状态；第四，艺术手法上，注重艺术形式与艺术技巧的创新，表现出随意性、不确定性。这些特征从早期的《且听风吟》到近期的《刺杀骑士团长》，甚至可以说在绝大多数村上春树的小说中都有表现。

作为诺贝尔文学奖常年陪跑者，自 2009 年以来，村上春树一直被视为诺贝尔文学奖热门人选，但始终未能获奖。因此，这也成为人们茶余饭后的调侃事件。即便如此，我们也不能轻视他对日本文学乃至世界文学的贡献。他创作了别具一格的村上春树文体，提出了文学上的另一种可能性。同时，他的小说的主人公几乎都是游离于社会的“边缘人”，没有什么远大理想，不求出人头地，只享受独自一人在小房间喝啤酒、听音乐、看外国小说。这种淡泊与从容，对物质利益的漠视与超脱正是我们这个物质繁华的时代和人心浮躁的社会所缺少的宝贵品质。

33 对当代人困扰与怅惘的诗意刻画

——「大江健三郎」

大江健三郎，日本小说家，1935 年出生于日本爱媛县的一个村落。从小生活在森林包围着的山谷间的村落中，对他之后的文学世界的形成有着巨大影响。在大江健三郎进入小学的 1941 年，爆发了太平洋战争。1947 年，他进入中学，这一年新宪法实施，对他的以“战后民主主义”为立脚点的思想的形成影响重大。1950 年，他在入学爱媛县立内子高中的第二年，因受欺凌而转学到爱媛县立松山东高中。1958 年的《拔芽打仔》（『芽むしり仔撃ち』）便是以这段受欺凌的经历为题材。在高中时，他便表现出了文学志向，十分喜爱阅读石川淳、小林秀雄、渡边一夫、花田清辉等人的作品。并且加入了松山东高中文艺部，负责编辑文艺部部刊，并将自己的诗和评论登载在上面。他和伊丹十三在东高就读时认识并逐渐交往密切起来。

1953 年，大江健三郎在补习学校学习一年后进入东京大学教养学部，在那期间，他广泛阅读加缪、威廉·福克纳、诺曼·梅勒、安部工房等人的作品，并且对萨特十分感兴趣。1955 年，进入法国文学专业，跟随一直喜爱的作家渡边一夫学习，并且开始阅读萨特的原版作品。1957 年，大江健三郎在《文学界》发表《死者的奢华》（『死者の奢り』），作为学生作家正式登上文坛。

作为小说家登上文坛后，大江健三郎的文学创作大致可以分为以下几个时期：徒劳—墙壁时期、性—政治时期、残疾儿—核武器时期和乌托邦—森林时期。徒劳—墙壁时期是指 1957—1958 年，这个时期主要的作品是让他登上文坛的几部作品，即 1957 年的《奇妙的工作》（『奇妙な仕事』）、《死者的奢华》和 1958 年的《拔芽打仔》《饲育》（『飼育』）等。写于 1957 年的

《奇妙的工作》获得“五月节奖”，并刊载在《东京大学新闻》上，平野谦对该作十分赞赏，但当时大江健三郎本人对自己的作品并不满意。他在小说发表于《东京大学新闻》上后，重读了一遍文章，认为自己的创作十分无聊，“说实话连自己都不满意，尽管不满意却未曾停止笔耕，新作品不断问世，走过了 38 年的创作道路”①。《死者的奢华》曾入选第 38 届“芥川奖”，并得到川端康成、井上靖等人的推荐，但最后他并未获奖。发表于 1958 年的《饲育》获得了第 39 届“芥川奖”。评委川端康成对他的评价是“芥川龙之介和大江健三郎虽然各处于不同时代，才华与作品风格也各有所长，但作为 20 岁出头的学生，以不寻常的题材写作小说这一点两人是有相似之处的，所以想把带有芥川龙之介名字的大奖授予他”②。在这些小说里，大江健三郎反复描写战后日本青年的“徒劳”意识。因为在他看来，战后的日本社会就像一个四周都是“墙壁”的实体，它具有封闭性，其内涵则是强权统治和美国军队对日本的占领。生活在这个墙壁之内的人们的自由是有限度的，一旦超过这个限度便会碰壁，于是他们就陷入“徒劳”意识中。所以他在作品中反复描写这一意识来表达他的不满情绪。大江健三郎自己也在《死者的奢华》的“后记”里写道：“这些作品大体上是我在 1957 年后半年写的，其基本主题是表现处于被监禁状态和被封闭墙壁之中的生活方式。”③

1959 年，大江健三郎从东京大学毕业，毕业论文围绕对他影响重大的萨特写作。同年，发表了长篇小说《我们的时代》（『われらの時代（じだい）』）。在小说中，他企图通过主人公南靖男的性生活展示日本战后闭塞的社会现状，探求通往未来的道路，结果却得出了悲观的结论。通过这部作品，大江健三郎转变了创作风格，并确定了以“性”作为他最主要的方法，之后“性”和“政治”意识逐渐在他的作品中占主导地位。他的政治意识中，对天皇制的态度是重要内容之一。在幼时他曾对天皇制表现出两种截然不同的态度。不过可以理解为当时年仅十岁的他对天皇制并没有深刻的认识，只是出于叛逆而为，他对天皇的态度主要是在战后渐渐形成的。在他世界观形成的少年时期，他接受了新宪法宣布的民主主义思想洗礼，受社会上日益浓厚的民主主义气氛

① 笔者译。
② 笔者译。
③ ［日］大江健三郎．死者の奢り［M］．東京：文藝春秋新社，1958：302．

熏陶。在这些因素潜移默化的影响下，他成了一个民主主义者。以 1961 年先后发表于《文学界》的《十七岁》（『セヴンティーン』）和《政治少年之死——〈十七岁〉第二部》（『政治少年死す—セヴンティーン第二部』）为代表的作品中便体现了他的民主主义倾向。这两篇作品均以 1960 年 10 月日本右翼团体“大日本爱国党”成员少年山口二矢刺杀社会党委员长前找到次郎的政治事件为题材，尖锐揭露和严厉谴责政治暴徒的行为，因而受到日本右翼势力的严重警告，引起了一场风波。即便这两部小说给他带来了不少麻烦，大江健三郎仍然坚持己见，没有退让，在此后发表的小说如 1972 年的《自己擦掉眼泪的日子》（『みずから我が涙をぬぐいたまう日』）和 1979 年的《同时代的游戏》（『同時代ゲーム』）等中继续表现出与天皇制对抗的倾向。他获得诺贝尔文学奖后，日本政府授予他文化勋章，却被他拒绝了。这可以说是他的“政治”意识在起作用。

1963 年，长子大江光出生，因头盖骨异常，脑组织外溢，虽经治疗免于夭折，却留下了无法治愈的后遗症。这个儿子的出生，给对战后社会不抱有希望、想通过写作来反抗社会的作家带来了精神上的转机。1964 年，大江健三郎以大江光的出生为灵感，创作了长篇小说《个人的体验》（『個人的な体験』）。在这部作品中，主人公鸟在一开始得知妻子生下的是身体有残疾的婴儿时，想尽办法逃避现实，还躲到大学时代的女性朋友火见子家里，不去积极救治婴儿，而希望婴儿自然而然地死去，最后他经过一番精神折磨后醒悟过来，决心挽救婴儿的生命，并和他共同带着希望，坚强地活下去。此外，在 1963 年大江光出生后不久，大江健三郎便前往广岛对原子弹爆炸后果进行调查，这一经历使他大有感触，并以此经历为基础于 1965 年开始连载《广岛日记》（『ヒロシマ・ノート』）。之后的大江健三郎开始面对并思考以残障的孩子为中心的“个人的体验”，广岛、长崎的原子弹爆炸，以及战争这种“人类固有的悲哀”等问题。在 1967 年的小说《万延元年的足球队》（『万延元年のフットボール』）、1970 年的随笔《核时代的想象力》（『核時代の想像力』）、1973 年的小说《洪水涌上我的灵魂》（『洪水はわが魂に及び』）等作品中将残疾儿和核武器作为自己的创作主题并不断深化。发表于 1967 年的长篇小说《万延元年的足球队》，获得第 3 届“谷崎润一郎奖”。这段时期前后，大江健三郎作品的文体，因为修饰与被修饰的对应关系并不是十分明了，所以被人诟病难以读懂，不能算是好文章。但其实当他的作品入选诺贝尔奖的时候，他的文体被认为是获奖理由之一，因为他的这一文体被认为是与近现代标准日本语，也就是东京方言抗衡的富有诗意的语言。在 1972 年发表的《自己擦掉眼泪的日子》等作品中，他将对于天皇观的批判性探讨作为主题（因前年的三岛由纪夫事件），之后发表的《洪水涌上我的灵魂》等作品中采用灾难性的视觉效果，对天皇制和核问题进行思考，并开始拥有超越现实主义的世界观。

早在 1966 年，大江健三郎便开始在自己的随笔等文章中提出了关于乌托邦的设想，并不断细致、深化其内容。这是因为他对日本现实抱有不满，但又苦于无法找到取而代之的实际样本，于是便在自己的作品中描绘出一个乌托邦世界。进入 40 岁以后，大江健三郎受到山口昌男等人的文化人类学影响，1979 年发表了《同时代的游戏》，这是他有代表性的一部乌托邦小说。全书由六封信组成，由三个不同时间的事件即几百年前山村的建立过程、昭和初年村民和大日本帝国军队的 50 天战争、“我”所参加的现代反体制运动交织在一起，在同一个平面上展开。作者借此特别的构造表现了自己的乌托邦理想。在 1984 年的对话录《寻找乌托邦，寻找物语》（『ユートピア探し・物語探し—文学の未来に向けて』）里，他说自己的乌托邦存在于“森林和山谷”中，这个“森林和山谷”虽与实际存在的东西相似，但又似是而非。可见，他的乌托邦仍然不是实际存在的东西，只存在于主观想象之中。大江健三郎心目中的乌托邦存在于“森林和山谷”，这表明他的“乌托邦”意识是和“森林”意识密切结合在一起的。在他早年的作品如《饲育》《万延元年的足球队》等中都已涉及“森林和山谷”的描写，进入 70 年代以后，大江健三郎继续在《同时代的游戏》、1986 年的长篇小说《M/T 森林的奇异故事》（『M/Tと森のフシギの物語』）、1982 年的短篇小说集《倾听雨树的女人们》（『「雨の木」を聴く女たち』）和 1993—1995 年的长篇小说《燃烧的绿树》（『燃えあがる緑の木』）等作品中以各种不同的形式将他的“森林”意识表现出来。

1994 年 10 月 13 日，在《燃烧的绿树》连载过程中，大江健三郎获得诺贝尔文学奖，成为继川端康成后日本第二个获得此奖的作家。在 1995 年，大江健三郎本来是将《燃烧的绿树》作为自己写作生涯的最后一部小说的，但在 1996 年武满徹的遗体告别式上他致悼词并表明要发表新作品，1999 年发表《翻筋斗》(『宙返り』)，再次开始了被他自己称为“后期的工作”的创作活动。在伊丹十三死后，他发表了三部曲，即 2000 年的《被偷换的孩子》(『取り替え子』)、2002 年的《愁容童子》(『憂い顔の童子』)、2005 年的《别了，我的书》(『さようなら、私の本よ』)。此外，还有 2002 年发表的供儿童阅读的《两百年的孩子》(『二百年の子供』)(唯一一部幻想式作品)、2009 年的《水死》(『水死』) 等作品。2006 年，还设立了“大江健三郎奖”来鼓励年轻一代的作家。

大江健三郎的文学作品中，虽然有各种各样的主题，但都是对他所生活的世界及时代的描写，具有广阔深远的社会意义。他是一个富有人道主义精神的民主主义者，他抨击战后社会现象、抨击天皇制，从个人的痛苦体验联系到人类共同的痛苦，通过小说这一可以成为改变时代的巨大力量，来缓解自己的苦闷，鼓舞自己，同时又使读者从他的作品中获得启迪和激励。

参考文献

中文书籍：

［日］西乡信纲．日本文学史［M］．佩珊译．北京：人民文学出版社，1978．

［日］信浓前司行长．平家物语［M］．周启明，申非译．北京：人民文学出版社，1984．

［日］大伴家持．万叶集［M］．杨烈译．长沙：湖南人民出版社，1984．

新民社辑．经国美谈［M］．台北：文海出版社，1986．

［日］谷崎润一郎．春琴抄［M］．吴树文译．上海：上海译文出版社，1991．

中共中央马克思恩格斯列宁斯大林著作编译局．马克思恩格斯选集（第 4 卷）［M］．北京：人民出版社，1995．

［日］式亭三马．浮世澡堂［M］．周作人译．北京：中国对外翻译出版公司，2001．

［日］清少纳言．枕草子［M］．于雷译．石家庄：河北教育出版社，2002．

［日］鸭长明，吉田兼好．方丈记·徒然草［M］．李均洋译．石家庄：河北教育出版社，2002．

谭晶华．日本近代文学史［M］．上海：上海外语教育出版社，2003．

周国明，李娜．日语阅读精选 2［M］．天津：天津大学出版社，2003．

彭恩华．日本和歌史［M］．上海：学林出版社，2004．

叶渭渠，唐月梅．日本文学史：近古卷［M］．北京：昆仑出版社，2004．

［日］井原西鹤．好色一代男［M］．王启元，李正仑译．北京：中国电影出版社，2004．

叶渭渠，唐月梅．20 世纪日本文学史［M］．青岛：青岛出版社，2004．

叶渭渠，唐月梅．日本文学：史古代卷（下册）[M]．北京：昆仑出版社，2004．
于荣胜．日本现代文学选读 [M]．北京：北京大学出版社，2005．
叶渭渠，唐月梅．日本文学简史 [M]．上海：上海外语教育出版社，2006．
叶渭渠．日本文学大花园 [M]．武汉：湖北教育出版社，2007．
李先瑞．日本文学简史 [M]．天津：南开大学出版社，2008．
郑民钦．和歌美学 [M]．银川：宁夏人民出版社，2008．
叶渭渠．日本文学思潮史 [M]．北京：北京大学出版社，2009．
[日] 小林多喜二．蟹工船 [M]．叶渭渠译．南京：译林出版社，2009．
[日] 永井荷风．永井荷风选集 [M]．陈薇译．北京：作家出版社，1999．
[日] 本居宣长．日本物哀 [M]．王向远译．长春：吉林出版集团有限责任公司，2010．
[日] 邹微，曹逸冰．奔跑吧！梅洛斯 [M]．李雪莲译．长春：吉林出版集团有限公司，2010．
叶渭渠．日本文学思潮史 [M]．北京：北京大学出版社，2010．
[日] 佚名．伊势物语 [M]．林文月译．南京：译林出版社，2011．
[日] 清少纳言．枕草子 [M]．林文月译．南京：译林出版社，2011．
[日] 山田敬三．鲁迅无意识的存在主义 [M]．秦刚译．北京：北京大学出版社，2012．
[日] 永井荷风．濹东绮谭 [M]．谭晶华译．上海：上海三联书店，2012．
于荣胜，翁家慧，李强．日本文学简史 [M]．北京：北京大学出版社，2013．
[日] 堀辰雄．起风了 [M]．施小炜译．上海：华东理工大学出版社，2015．
[日] 安万侣．古事记 [M]．周作人译．上海：上海人民出版社，2015．
[日] 川端康成．川端康成作品集 [M]．津文译．北京：团结出版社，2016．
郑民钦．俳句的魅力 [M]．北京：外语教学与研究出版社，2016．
[日] 鸭长明，[日] 吉田兼好．方丈记·徒然草 [M]．王新禧译．武汉：长江文艺出版社，2016．

日语书籍：

[日] 菊池寛．文壇入門世界文学案内 [M]．東京：高須書房．1947．

[日] 麻生磯次. ぼくらの日本文学 [M]. 東京：東京堂. 1950.
[日] 永井荷風. 濹東綺譚 [M]. 東京：新潮文庫. 1951.
[日] 下河辺長流. 林葉累塵集序 [M]. 佐々木信綱. 日本歌学大系：第7卷. 東京：風間書房. 1958.
[日] 本居宣長. 石上私淑言 [M]. 本居宣長. 本居宣長全集：第2卷. 東京：筑摩書房. 1968—1993.
[日] 神田秀夫校注. 日本古典文学全集27　方丈記　徒然草　正法眼蔵随聞記　歎異抄 [M]. 東京：小学館. 1971.
[日] 井本農一，堀信夫等校注. 松尾芭蕉集 [M]. 東京：小学館. 1972.
[日] 神谷忠孝. 鑑賞日本現代文学22　坂口安吾 [M]. 東京：角川書店，1981.
[日] 太宰治. 太宰治全集3 [M]. 東京：ちくま文庫，筑摩書房. 1988.
[日] 坂口安吾. 坂口安吾全集4 [M]. 東京：ちくま文庫，筑摩書房. 1990.
[日] 稲垣足穂. 編年体大正文学全集第14卷 [M]. 東京：ゆまに書房. 2003.
[日] 曲亭馬琴. 南総里八犬伝10 [M]. 濱田啓介校. 東京：新潮社. 2004.
[日] 小沢正夫等. 新編日本古典文学全集11 古今和歌集 [M]. 東京：小学館. 2006.
浜島書店編集部. 最新国語便覧 [M]. 名古屋：浜島書店. 2006.
ちくま日本文学014　谷崎潤一郎 [M]. 東京：筑摩書房. 2008.
[日] 市古貞次校訂. 平家物語① [M]. 東京：小学館. 2015.
[日] 市古貞次校訂. 平家物語② [M]. 東京：小学館. 2015.
[日] 小沢正夫，松田成穂校注. 古今和歌集 [M]. 東京：小学館. 2015.

中文期刊：

叶渭渠. 日本的推理小说及其代表作家 [J]. 读书，1979（4）：137-140.
张励. 日本的私小说及其评论 [J]. 外国问题研究，1987（2）：36-39.
张玲. 日本大众文学的发展与变迁 [J]. 日本研究，1989（1）：78-81.
唐月梅. 美的创造与幻灭：论日本唯美主义文学思潮 [J]. 外国文学评论，1991（1）：61-68.

李先瑞. 浅谈战后日本“第三新人”［J］. 解放军外语学院学报，1992（3）：87-90，86.

王向远. 日本后现代主义文学与村上春树［J］. 北京师范大学学报（社会科学版），1994（5）：68-73.

于进江. 我的文学之路：大江健三郎访谈录［J］. 小说评论，1995（2）：46-49.

黎跃进. 矢野龙溪及其代表作《经国美谈》［J］. 衡阳师范学院学报，1995（5）：85-89.

何乃英. 大江健三郎创作意识论［J］. 外国文学评论，1997（2）：87-93.

潘世圣. 关于日本近代文学中的私小说［J］. 外国文学研究，2001（2）：106-112.

李德纯. 松本清张论：兼评日本推理小说［J］. 中国社会科学院研究生院学报，2001（5）：87-94，110.

秦刚. 以反逆的姿态“堕落”与“无赖”：日本作家坂口安吾文学创作概述［J］. 外国文学，2004（5）：20-21.

李先瑞. 论日本私小说的文学土壤：日本私小说的历史和社会成因分析［J］. 解放军外国语学院学报，2005（2）：106-109.

王晶. 王朝贵族时代的日本女性文学：日本平安时期女性文学之管窥［J］. 渤海大学学报（哲学社会科学版），2005（4）：19-23.

赵敬. 论志贺直哉心境小说的表现特征：以《护城河畔的家》和《在城崎》为例［J］. 日语学习与研究，2006（4）：69-73.

魏楪和. 追溯日本文学的起点：以《怀风藻》和《古今和歌集》为例［J］. 日语学习与研究，2007（5）：32-36.

申秀逸，孙立成. 浅析松本清张的社会派推理小说：以《砂器》和《点与线》为中心［J］. 小说评论，2009（A2）：179-181.

关冰冰. 论政治小说在日本近代文学史上的地位［J］. 浙江教育学院学报，2010（4）：51-57.

刘立善. 论日本白桦派的人道主义特质［J］. 日本研究，2011（3）：94-99.

陈秀敏. 白桦派作家与日本近代知识分子转型［J］. 社会科学辑刊，2012（2）：215-218.

李德纯. 论战后派［J］. 日本学刊，2012（6）：111-122，159-160.
孙静华. 日本浪漫主义文学的发展和主要特征［J］. 长城，2012（8）：10-11.
徐迎春. 丰子恺译《伊势物语》的版本考证［J］. 日语学习与研究，2014（4）：77-83.
杨笛. 论日本平安时期女性文学的繁荣［J］. 六盘水师范学院学报，2013（6）：45-48.
王向远. 日本“物纷”论：从“源学”用语到美学概念［J］. 上海师范大学学报（哲学社会科学版），2014（3）：86-92.
李传坤. 浅论白诗对日本平安朝女流文学的影响：以《枕草子》和《源氏物语》为例［J］. 时代文学，2015（5）：225-227.
王洋. 中国文学对日本平安时期物语文学的影响：以《竹取物语》《伊势物语》为中心［J］. 北方论丛，2016（5）：48-52.
陈永岐. 崇尚中国古典文学注重机智应答的平安宫廷：以《枕草子》第181段及第279段为中心［J］. 科学大众（科学教育），2016（6）：148-149.
侯冬梅. 论政治小说在日本近代文学史中的地位考察［J］. 外国语文研究，2016（6）：47-54.
张楠. 从“物纷”到“物哀”：论《源氏物语》批评在日本近代的变迁［J］. 外国文学评论，2019（2）：21-37.

学位论文：

徐笑吟. 都市空间·游荡者·视觉体验：以《顶阁里的散步者》为中心［D］. 上海：上海师范大学，2011.
李娅玲. 关于和歌挂词分类的考察：以《古今和歌集》为中心［D］. 重庆：西南大学，2012.
何年红. 江户川乱步二十世纪二十年代作品中的感觉艺术论：视觉和触觉［D］. 长春：吉林大学，2014.